Ernest Hemingway

Das kurze glückliche Leben des Francis Macomber

Stories

Rowohlt

Ernest Hemingways *stories* erschienen zuerst
im Verlag Charles Scribner's Sons, New York
Autorisierte Übertragung
von Annemarie Horschitz-Horst

Veröffentlicht im
Rowohlt Taschenbuch Verlag GmbH,
Reinbek bei Hamburg, Januar 1996
Die Stories der vorliegenden Ausgabe
wurden dem Band
«Gesammelte Werke 4» entnommen
Copyright © 1929, 1932, 1933
by Ernst Rowohlt Verlag, Berlin,
1950, 1977 by Rowohlt Verlag GmbH,
Reinbek bei Hamburg
stories Copyright ©
by The Hemingway Foreign Rights Trust,
1929 Charles Scribner's Sons, renewal
© 1953 Ernest Hemingway
Umschlaggestaltung Walter Hellmann/Beate Becker
(Foto: Camera Press London)
Satz Sabon (Linotronic 500)
Gesamtherstellung Clausen & Bosse, Leck
Printed in Germany
200-ISBN 3 499 22020 2

Inhalt

Das kurze glückliche Leben
des Francis Macomber
7

Alter Mann an der Brücke
72

Oben in Michigan
77

Das Ende von Etwas
87

In einem andern Land
95

Hügel wie weiße Elefanten
106

Eine Verfolgungsjagd
116

Das kurze glückliche Leben des Francis Macomber

Es war jetzt Essenszeit, und sie saßen alle unter dem doppelten grünen Sonnendach des Speisezeltes und taten, als sei nichts passiert.

«Was möchten Sie, Limonensaft oder Zitrone?» fragte Macomber.

«Ich trinke einen Gimlet», sagte Robert Wilson zu ihm.

«Ich möchte auch einen Gimlet. Ich brauche irgend etwas», sagte Macombers Frau.

«Das ist wohl das Gegebene», stimmte Macomber zu. «Sagen Sie ihm, er soll drei Gimlets machen.»

Der Küchenboy hatte schon damit angefangen; er hob die Flaschen aus den leinenen Kühlsäcken, die Feuchtigkeit in dem Wind ausschwitzen, der durch die Bäume blies, die die Zelte beschatteten.

«Was soll ich ihnen wohl geben?» fragte Macomber.

«Ein Pfund ist reichlich», sagte Wilson. «Sie wollen sie doch nicht verwöhnen.»

«Wird der Aufseher es verteilen?»
«Zweifellos.»

Francis Macomber war vor einer halben Stunde im Triumph auf den Armen und Schultern des Kochs, der Boys, des Abhäuters und der Träger vom Rand des Lagers zu seinem Zelt getragen worden. Die Gewehrträger hatten nicht an dieser Kundgebung teilgenommen. Als die eingeborenen Boys ihn am Eingang seines Zeltes niedersetzten, hatte er ihnen allen die Hand geschüttelt und ihre Glückwünsche entgegengenommen, war dann ins Zelt gegangen und hatte auf seinem Bett gesessen, bis seine Frau hereinkam. Sie sprach nicht mit ihm, als sie hereinkam, und er verließ das Zelt, um sich draußen in dem tragbaren Waschgestell Gesicht und Hände zu waschen und um dann zum Speisezelt hinüberzugehen und sich auf einem bequemen Segeltuchstuhl in den leichten Wind und den Schatten zu setzen.

«Nun haben Sie Ihren Löwen», sagte Robert Wilson zu ihm, «und einen verdammt guten dazu.»

Mrs. Macomber blickte rasch zu Wilson hinüber. Sie war eine außerordentlich hübsche und gepflegte Frau, deren Schönheit und gesellschaftliche Stellung vor fünf Jahren für die Anpreisung eines Schönheitsmittels, das sie nie benutzt hatte – versehen mit ihrer signierten Fotografie –, mit 5000 Dollar bewertet worden war. Sie war seit elf Jahren mit Francis Macomber verheiratet.

«Es ist ein guter Löwe, nicht wahr?» sagte Macomber. Seine Frau blickte jetzt ihn an. Sie blickte beide Männer an, als ob sie sie nie vorher gesehen hätte.

Einen, nämlich Wilson, den weißen Jäger, hatte sie bestimmt niemals zuvor richtig gesehen. Er war etwa mittelgroß, hatte aschblondes Haar, einen borstigen Schnurrbart, ein sehr rotes Gesicht und außerordentlich kalte blaue Augen mit weißlichen Fältchen in den Winkeln, die sich komisch vertieften, wenn er lächelte. Er lächelte sie jetzt an, und sie blickte von seinem Gesicht weg auf seine Schultern, die sich unter der losen Jacke, die er trug, rundeten, und auf die vier großen Patronen, die in Schlaufen steckten, wo die linke Brusttasche hätte sein sollen, auf seine großen braunen Hände, seine alte Hose, seine sehr schmutzigen Schaftstiefel und dann wieder auf sein rotes Gesicht. Ihr fiel auf, daß das Ziegelrot seines Gesichts an der weißen Linie haltmachte, die der Rand seines Tropenhelms, der jetzt an einem Haken der Zeltstange hing, hinterlassen hatte.

«Also auf den Löwen!» sagte Robert Wilson. Wieder lächelte er ihr zu, und ohne zu lächeln sah sie auf seltsame Art ihren Mann an.

Francis Macomber war sehr groß, sehr gut gewachsen – wenn man nichts gegen ein derartig langes Gestell einzuwenden hatte –, dunkel, sein Haar war wie bei einem Seemann kurz geschoren; er war ziemlich schmallippig, und man fand ihn gut aussehend. Er hatte die gleichen Safarisachen an, wie Wilson sie trug, nur daß seine neue waren; er war 35 Jahre alt, hielt sich sehr gut in Form, bewährte sich auf dem Sportplatz, hielt eine Reihe Großwild- und Angelrekorde und hatte sich eben in aller Öffentlichkeit als Feigling erwiesen.

«Auf den Löwen!» sagte er. «Ich kann Ihnen niemals genug danken für das, was Sie getan haben.»

Margaret, seine Frau, sah von ihm weg und wieder zu Wilson hin. «Reden wir nicht von dem Löwen», sagte sie.

Wilson sah, ohne zu lächeln, zu ihr hinüber, und jetzt lächelte sie ihn an.

«Es war ein sehr merkwürdiger Tag», sagte sie. «Sollten Sie nicht auch mittags unter dem Sonnendach Ihren Hut tragen? Sie haben mir das selbst gesagt.»

«Kann ihn ja aufsetzen», sagte Wilson.

«Wissen Sie, daß Sie ein sehr rotes Gesicht

haben, Mr. Wilson?» sagte sie zu ihm und lächelte wieder.

«Vom Trinken», sagte Wilson.

«Das glaube ich nicht», sagte sie. «Francis trinkt eine Menge, aber sein Gesicht ist niemals rot.»

«Heute ist es rot.» Macomber versuchte einen Scherz zu machen.

«Nein», sagte Margaret. «Meines ist heute rot. Aber Mr. Wilsons ist immer rot.»

«Muß die Rasse sein», sagte Wilson. «Hören Sie, können Sie nicht lieber meine Schönheit als Gesprächsstoff aus dem Spiel lassen?»

«Ich habe doch gerade erst damit angefangen.»

«Schluß damit, ja?» sagte Wilson.

«Es wird schwierig werden mit der Unterhaltung», sagte Margaret.

«Sei nicht so dumm, Margot», sagte ihr Mann.

«Gar nicht schwierig», sagte Wilson. «Er hat einen Mordskerl von einem Löwen gekriegt.»

Margaret sah sie beide an, und beide merkten, daß sie nahe am Weinen war. Wilson hatte es schon eine ganze Weile kommen sehen, und er fürchtete sich davor. Macomber fürchtete sich längst nicht mehr davor.

«Ich wollte, es wäre nicht passiert. Ach, ich

wollte, es wäre nicht passiert», sagte sie, stand auf und ging auf ihr Zelt zu. Sie weinte lautlos, aber man konnte sehen, wie ihre Schultern unter dem rosafarbenen, lichtechten Hemd, das sie trug, bebten.

«Frauen verlieren leicht mal die Fassung», sagte Wilson zu dem großen Mann. «Hat nichts auf sich. Überreizte Nerven und dies und jenes.»

«Nein», sagte Macomber. «Das hängt mir jetzt für den Rest meines Lebens an.»

«Unsinn. Trinken wir 'n Schluck von dem Rattengift», sagte Wilson. «Vergessen Sie die ganze Geschichte. Hat nichts auf sich.»

«Man kann's versuchen», sagte Macomber. «Ich werde jedoch nicht vergessen, was Sie für mich getan haben.»

«Gar nichts», sagte Wilson. «Was für ein Unsinn!»

So saßen sie da im Schatten, wo das Lager aufgeschlagen war, unter einigen breitkronigen Akazien, hinter ihnen eine geröllbedeckte Klippe und ein Grasstreifen, der bis zum Ufer eines geröllgefüllten Flußbettes vor ihnen reichte, und Wald jenseits davon – saßen bei ihrem gut temperierten Limonensaft und vermieden, einander anzusehen, während die Boys den Tisch zum Essen deckten. Wilson spürte, daß die Boys jetzt im Bilde waren, und als er Macombers Privatboy neugierig seinen Herrn anblicken sah, als er ein paar Schüsseln auf den Tisch stellte, fuhr er ihn auf Suaheli an. Der Bursche wandte sich mit ausdruckslosem Gesicht ab.

«Was haben Sie ihm gesagt?» fragte Macomber.

«Gar nichts. Sagte ihm, er solle sich sputen, sonst würde ich dafür sorgen, daß er fünfzehn von der besten Sorte kriegt.»

«Was heißt das, Schläge?»

«Es ist ganz gesetzwidrig», sagte Wilson. «Man soll ihnen Geldstrafen aufbrummen.»

«Werden sie immer noch ausgepeitscht?»

«O ja. Es könnte Stunk geben, falls sie sich beklagen sollten, aber sie tun's nicht. Ist ihnen lieber als Geldstrafen.»

«Wie merkwürdig», sagte Macomber.

«Gar nicht merkwürdig eigentlich», sagte Wilson. «Was würden Sie lieber tun, 'ne Tracht Prügel einstecken oder Ihr Gehalt einbüßen?»

Dann war er verlegen, weil er das gefragt hatte, und ehe Macomber antworten konnte, fuhr er fort: «Wissen Sie, wir haben schließlich alle jeden Tag unsere Prügel einzustecken – so oder so.»

Das machte es nicht besser. Weiß Gott, dachte er, ich bin ein Diplomat, wahrhaftig.

«Ja, wir stecken unsere Prügel ein», sagte Macomber und sah ihn immer noch nicht an. «Die Geschichte mit dem Löwen tut mir schrecklich leid. Es braucht doch nicht herauszukommen, wie? Ich meine, niemand wird davon erfahren, nicht wahr?»

«Sie meinen, ob ich es im Mathaiga Club erzählen werde?» Wilson sah ihn jetzt kalt an. Das hatte er nicht erwartet. Also ist er ein verdammter Scheißkerl und nicht nur ein verdammter Feigling, dachte er. Ich hatte ihn auch ganz gern bis heute. Aber wie soll man sich bei so 'nem Amerikaner auskennen?

«Nein», sagte Wilson. «Ich bin Berufsjäger. Wir reden nie über unsere Kundschaft. Da können Sie ganz beruhigt sein. Es verstößt aber gegen den guten Ton, uns um Verschwiegenheit zu bitten.»

Es war ihm jetzt klar, daß es viel einfacher sein würde, glatt zu brechen. Er würde dann allein essen und konnte bei seinen Mahlzeiten ein Buch lesen. Sie würden allein essen. Er würde mit ihnen auf sehr förmlicher Basis die Safari durchführen – wie nannten es doch die Franzosen? – *considération distinguée* –, und es würde verdammt viel einfacher sein, als diesen ganzen Gefühlskitsch mitmachen zu müssen. Er würde ihn beleidigen und einen klaren Bruch herbeiführen. Dann konnte er beim Essen ein Buch lesen und immer noch ihren Whisky trinken. Das war die stehende Redensart, wenn eine Safari schiefging. Man traf einen anderen weißen Jäger und fragte: «Wie geht denn die Sache?», und der antwortete: «Hm, ich trinke immer noch ihren Whisky», und man wußte, daß alles in die Brüche gegangen war.

«Es tut mir leid», sagte Macomber und sah ihn mit seinem amerikanischen Gesicht an, das jungenhaft bleiben würde, bis es ältlich wurde, und Wilson musterte sein seemännisch kurz geschorenes Haar, seine schönen, ganz leicht ausweichenden Augen, seine gut geschnittene Nase, die schmalen Lippen und die hübsche Mundpartie. «Es tut mir leid, daß ich das nicht wußte. Es gibt eine Menge Sachen, die ich nicht weiß.»

Was sollte man da machen? dachte Wilson. Er war fest entschlossen, rasch und sauber zu brechen, und da entschuldigte sich dieser Tölpel, nachdem er ihn gerade beleidigt hatte. Er machte noch einen Versuch. «Haben Sie keine Sorge, daß ich reden könnte», sagte er. «Ich muß mein Brot verdienen. Sie wissen doch, in Afrika verfehlt keine Frau je ihren Löwen, und kein Weißer nimmt Reißaus.»

«Ich hab Reißaus genommen wie ein Hase», sagte Macomber.

Tja, in drei Teufels Namen, was sollte man mit einem Mann anfangen, der so redete? überlegte Wilson.

Wilson sah Macomber mit seinen flachen blauen Augen an – den Augen eines Maschinengewehrschützen –, und der andere lächelte ihm zu. Er hatte ein nettes Lächeln, wenn man nicht bemerkte, wie sehr seine Augen verrieten, wenn er sich verletzt fühlte.

«Vielleicht kann ich's mit einem Büffel wieder wettmachen», sagte er. «Das wird das nächste für uns sein, nicht wahr?»

«Morgen früh, wenn Sie wollen», sagte Wilson zu ihm. Vielleicht hatte er sich geirrt. War anständig, es *so* zu nehmen! Man konnte wahrhaftig auch nicht das geringste bei so einem Amerikaner voraussagen. Er war wieder ganz für Macomber. Wenn man den Morgen vergessen könnte! Aber natürlich, das konnte man nicht. Der Morgen war ungefähr so scheußlich gewesen wie nur möglich.

«Da kommt die Memsahib», sagte er. Sie kam von ihrem Zelt auf sie zu und sah erfrischt und vergnügt und ganz reizend aus. Sie hatte ein ebenmäßiges, ovales Gesicht, so ebenmäßig, daß man sie leicht für dumm halten konnte. Aber sie war nicht dumm, dachte Wilson, nein, dumm war sie nicht.

«Wie geht es dem schönen rotgesichtigen

Mr. Wilson? Fühlst du dich besser, Francis, meine Zierde?»

«Ja, danke», antwortete Macomber.

«Ich bin mit der ganzen Geschichte fertig», sagte sie und setzte sich an den Tisch. «Was macht es denn schon aus, ob Francis sich aufs Löwenschießen versteht oder nicht? Das ist nicht sein Geschäft; das ist Mr. Wilsons Geschäft. Mr. Wilson ist wirklich sehr eindrucksvoll beim Schießen. Nicht wahr, Sie schießen doch alles?»

«Aber ja, alles», sagte Wilson, «einfach alles.» Die sind, dachte er, die Allerhärtesten auf der ganzen Welt, die Härtesten, die Grausamsten, die Raubtierhaftesten und die Reizvollsten, und während sie hart geworden sind, sind ihre Männer schlapp geworden oder ihre Nerven sind in die Brüche gegangen. Oder kommt es vielleicht daher, daß sie sich Männer aussuchen, die sie lenken können? In dem Alter, in dem sie heiraten, können sie aber noch nicht soviel wissen, dachte er. Er war dankbar, daß er seine Erfahrungen mit amerikanischen Frauen bereits hinter sich hatte, denn diese hier war sehr anziehend.

«Wir gehen morgen früh auf Büffel», sagte er zu ihr.

«Ich komme mit», sagte sie.

«Nein, das werden Sie nicht.»

«Doch, ich komme. Nicht wahr, ich kann, Francis?»

«Warum willst du nicht im Lager bleiben?»

«Um keinen Preis», sagte sie. «So was wie heute möchte ich mir um keinen Preis entgehen lassen.»

Als sie fortging, dachte Wilson, als sie wegging, um zu weinen, da schien sie ein verdammt anständiges Frauenzimmer zu sein. Sie schien zu verstehen, zu begreifen, verletzt zu sein seinetwegen und auch um ihrer selbst willen und zu wissen, worum es eigentlich ging. Sie ist zwanzig Minuten weg, und jetzt ist sie wieder da, von Kopf bis Fuß emailliert mit jener amerikanischen Weibergrausamkeit. Es sind die verfluchtesten Weiber der Welt. Wahrhaftig die allerverfluchtesten.

«Morgen werden wir dir ein neues Schauspiel bieten», sagte Francis Macomber.

«Sie werden nicht mitkommen», sagte Wilson.

«Sie irren sich», antwortete sie ihm. «Und ich möchte *so* gern sehen, wie Sie sich wieder produzieren. Heute morgen waren Sie wunderbar. Das heißt, falls es wunderbar ist, Köpfe zu zerschießen.»

«Hier kommt das Essen», sagte Wilson. «Sie sind sehr vergnügt, was?»

«Warum nicht; ich bin nicht hier herausgekommen, um mich zu langweilen.»

«Nun, langweilig war es nicht», sagte Wilson. Er konnte das Geröll im Fluß sehen und jenseits das hohe Ufer mit den Bäumen, und er dachte an den Morgen zurück.

«O nein», sagte sie, «es war entzückend. Und morgen – Sie können sich nicht vorstellen, wie ich mich auf morgen freue!»

«Das ist Elen, was er Ihnen serviert», sagte Wilson.

«Das sind die großen, kuhartigen Dinger, die wie Hasen hüpfen, nicht wahr?»

«So kann man sie beschreiben», sagte Wilson.

«Es ist sehr gutes Fleisch», sagte Macomber.

«Hast du es geschossen, Francis?»

«Ja.»

«Die sind nicht gefährlich, nicht wahr?»

«Nur wenn sie auf einen rauffallen», sagte Wilson.

«Was bin ich froh.»

«Warum nicht mit den Weibergemeinheiten ein bißchen aufhören, Margot?» sagte Macomber, während er das Antilopensteak schnitt und etwas Kartoffelbrei, Sauce und Karotten auf die nach unten zeigende Gabel häufte, die das Stück Fleisch aufspießte.

«Könnte ich wohl», sagte sie, «da du es so hübsch ausgedrückt hast.»

«Heute abend wollen wir den Löwen mit Sekt begießen», sagte Wilson. «Es ist mittags ein bißchen zu heiß.»

«Ach, der Löwe», sagte Margaret. «Den Löwen hatte ich ganz vergessen.»

Na, sie nimmt ihn *tüchtig* hoch, und ob! dachte Robert Wilson bei sich, oder ist das vielleicht ihre Art, gute Miene zum bösen Spiel zu machen? Wie soll sich eine Frau benehmen, wenn sie entdeckt, daß ihr Mann ein verdammter Feigling ist? Sie ist verflucht grausam, aber grausam sind sie alle. Sie haben das Kommando, natürlich, und um zu kommandieren, muß man manchmal grausam sein. Dennoch, ich hab ihren verdammten Terror satt. – «Nehmen Sie noch etwas Elenantilope?» sagte er höflich zu ihr.

Später an jenem Nachmittag fuhren Wilson und Macomber mit dem eingeborenen Chauffeur und den zwei Gewehrträgern im Auto hinaus. Mrs. Macomber blieb im Lager. Zum Ausgehen sei es zu heiß, sagte sie, und sie würde am frühen Morgen mit ihnen kommen. Als sie losfuhren, sah Wilson sie unter dem großen Baum stehen; sie war eher hübsch als schön in ihrem zart-rosigen Khaki, dem dunklen Haar, das sie nach hinten aus der Stirn gezogen und im Nacken in einem tiefen Knoten zusammengefaßt hatte, und einem Gesicht, das so frisch aussah, als ob sie in England wäre. Sie winkte ihnen zu, als sich das Auto durch das hohe Gras der Niederung in Bewegung setzte und sich zwischen den Bäumen hindurch zu den kleinen, mit Gebüsch bestandenen Hügeln hinaufwand.

Im Gebüsch fanden sie eine Herde Impalas, und sie verließen das Auto und pirschten einen alten Widder mit großen, weitgespreizten Hörnern an, und Macomber erlegte ihn mit einem sehr beachtlichen Schuß, der den Bock aus einer Entfernung von beinah zweihundert Metern umwarf und die Herde wild losjagen und sie mit hochgezogenen Läufen, in langen Sätzen eines über des anderen Rücken springen ließ – in Sätzen, unwahrscheinlich und schwebend, wie die, die man manchmal in Träumen macht.

«Das war ein anständiger Schuß», sagte Wilson. «Sie sind nur ein kleines Ziel.»

«Taugt das Gehörn was?» fragte Macomber.

«Es ist hervorragend», sagte Wilson zu ihm. «Wenn Sie so schießen, wird alles glattgehen.»

«Glauben Sie, daß wir morgen Büffel finden werden?»

«Die Aussichten sind gut. Sie äsen früh am Morgen, und mit ein bißchen Glück können wir sie im freien Gelände erwischen.»

«Ich möchte diese Löwengeschichte gern aus der Welt schaffen», sagte Macomber. «Es ist nicht sehr angenehm, wenn die eigene Frau sieht, daß man so etwas macht.»

Ich würde meinen, es ist noch weit unangenehmer, so etwas zu tun, oder wenn man's getan hat, darüber zu reden, dachte Wilson, ob die Frau es sieht oder nicht sieht. Aber er sagte: «Ich würde nicht mehr daran denken. Jeden kann der erste Löwe umschmeißen. Das ist jetzt vorbei.»

Aber an jenem Abend, nach dem Essen und einem Whisky-Soda am Feuer vorm Schlafengehen, als Francis Macomber auf seinem Feldbett unter dem Moskitonetz lag und auf die nächtlichen Geräusche horchte, war es nicht vorbei. Es war weder vorbei noch fing es an. Es war da, genauso, wie es sich zugetragen hatte, mit einigen unauslöschlich eingeprägten Einzelheiten, und er schämte sich hundserbärmlich darüber. Aber stärker noch als Scham fühlte er kalte, aushöhlende Angst in sich. Die Angst war noch da, wie ein kaltes, schleimiges Loch in all der Leere, wo früher einmal sein Selbstvertrauen gewesen war, und sie erregte ihm Übelkeit, jetzt immer noch.

Es hatte die Nacht vorher angefangen, als er aufgewacht war und den Löwen brüllen hörte, irgendwo oben am Fluß. Es war ein tiefer Ton, und zum Schluß war so was wie ein hustendes Grunzen, und das klang, als ob er direkt vor dem Zelt war, und als Francis Macomber in der Nacht aufwachte und es hörte, hatte er Angst. Er konnte seine Frau ruhig im Schlaf atmen hören. Da war niemand, dem er sagen konnte, daß er Furcht hatte, niemand, der sich mit ihm fürchtete, und da lag er allein und kannte das Somali-Sprichwort nicht, das sagt, daß ein tapferer Mann immer dreimal vor einem Löwen Angst hat: wenn er zum erstenmal seine Spur sieht, wenn er ihn zum erstenmal brüllen hört und wenn er ihm zum erstenmal gegenübersteht. Dann, als sie, ehe die Sonne aufgegangen war, bei Laternenlicht draußen im Speisezelt Frühstück aßen, brüllte der Löwe wieder, und es kam Francis vor, als ob er dicht am Rand des Lagers sei.

«Scheint ein alter Knabe zu sein», sagte Wilson und blickte von seinen Bücklingen und seinem Kaffee auf. «Hören Sie, er hustet!»

«Ist er sehr nahe?»

«Eine Meile oder so stromaufwärts.»

«Werden wir ihn sehen?»

«Wir werden ihn sehen.»

«Daß sein Brüllen so weit trägt! Es klingt, als ob er mitten im Lager wäre.»

«Trägt verdammt weit», sagte Robert Wilson. «Es ist merkwürdig, wie es trägt. Hoffentlich ist es eine jagdbare Katze. Die Boys sagen, es gäbe hier herum einen sehr großen.»

«Falls ich zum Schuß komme», fragte Macomber, «wo soll ich hintreffen, um ihn zu stoppen?»

«Aufs Blatt», sagte Wilson. «Ins Genick, wenn's geht. Schießen Sie aufs Rückgrat. Schießen Sie ihn nieder.»

«Hoffentlich kann ich den Schuß richtig anbringen», sagte Macomber.

«Sie schießen sehr gut», sagte Wilson zu ihm. «Lassen Sie sich Zeit. Nehmen Sie ihn genau aufs Korn. Der erste Treffer zählt.»

«Wie weit wird es sein?»

«Kann man nicht sagen. Der Löwe hat da mitzureden. Würde nicht schießen, wenn er nicht nah genug ist, so daß Sie ihn sicher haben.»

«Auf weniger als neunzig Meter?» fragte Macomber.

Wilson blickte ihn kurz an.

«Neunzig ist ungefähr richtig. Kann sein, daß Sie ihn ein wenig näher angehen müssen. Würde keinen Schuß von viel weiter weg riskieren. Neunzig ist 'ne anständige Schußweite. Da können Sie ihn treffen, wo immer Sie wollen. Da kommt die Memsahib.»

«Guten Morgen», sagte sie. «Sind wir hinter dem Löwen her?»

«Sobald Sie mit Ihrem Frühstück fertig sind», antwortete Wilson. «Wie fühlen Sie sich?»

«Großartig», sagte sie. «Ich bin furchtbar aufgeregt.»

«Ich will nur mal gehen und sehen, ob alles fertig ist.» Wilson stand auf. Während er wegging, brüllte der Löwe wieder. «Alter Krakeeler», sagte Wilson. «Dem werden wir ein Ende machen.»

«Was ist los, Francis?» fragte ihn seine Frau.

«Nichts», sagte Macomber.

«Doch, es ist etwas», sagte sie. «Worüber regst du dich auf?»

«Über gar nichts», sagte er.

«Sag mir...» sie sah ihn an, «fühlst du dich nicht wohl?»

«Es ist dies verdammte Gebrüll», sagte er. «Weißt du, es ging die ganze Nacht durch.»

«Warum hast du mich nicht geweckt?» sagte sie. «Ich hätte es zu gern gehört.»

«Ich muß das verdammte Biest schießen», sagte Macomber jämmerlich.

«Na, deswegen bist du doch hier draußen, nicht?»

«Ja, aber ich bin nervös. Das Gebrüll von dem Biest fällt mir auf die Nerven.»

«Also dann schieß ihn tot, wie Wilson sagte, und mach dem Gebrüll ein Ende.»

«Jawohl, Liebling», sagte Francis Macomber. «Es klingt einfach, nicht wahr?»

«Du hast doch nicht Angst, oder doch?»

«Natürlich nicht. Aber ich bin nervös von dem Gebrüll die ganze Nacht über.»

«Du wirst ihn ganz fabelhaft erledigen», sagte sie. «Ich weiß, du wirst. Ich bin schon wahnsinnig gespannt darauf, es zu sehen.»

«Frühstücke fertig und wir brechen auf.»

«Es ist noch nicht hell», sagte sie. «Dies ist eine lächerliche Zeit.»

Gerade da brüllte der Löwe. Eine brusttiefe, stöhnende, plötzlich kehlige und anschwellende Schwingung schien die Luft zu erschüttern und endete in einem Seufzer und einem schweren, brusttiefen Grunzen.

«Es klingt, wie wenn er direkt hier im Lager wäre», sagte Macombers Frau.

«Weiß Gott», sagte Macomber. «Ich hasse diesen verdammten Lärm.»

«Es ist sehr eindrucksvoll.»

«Eindrucksvoll? Es ist grauenhaft.»

Eben da erschien Robert Wilson wieder; er

trug seine kurze, häßliche, erschreckend großkalibrige .505 Gibbs und grinste.

«Kommen Sie», sagte er. «Der Gewehrträger hat Ihre Springfield und die große Büchse. Es ist alles im Auto. Haben Sie Ihre Vollmantelgeschosse?»

«Ja.»

«Ich bin bereit», sagte Mrs. Macomber.

«Müssen diesem Gebrüll ein Ende machen», sagte Wilson. «Gehen Sie nach vorn. Die Memsahib kann hier hinten mit mir sitzen.»

Sie kletterten in das Auto, fuhren los und im ersten grauen Tageslicht zwischen den Bäumen hindurch, flußaufwärts. Macomber öffnete den Verschluß seiner Büchse und sah, daß er Vollmantelgeschosse darin hatte, schloß die Kammer und sicherte. Er sah, wie seine Hand zitterte. Er tastete in der Tasche nach weiteren Patronen und fuhr mit den Fingern über die Patronen in den Schlaufen vorn in seiner Jacke. Er drehte sich um, Wilson zu, der auf dem Rücksitz in dem türlosen, kastenartigen Auto neben seiner Frau saß; beide grinsten vor Aufregung, und Wilson beugte sich vor und flüsterte:

«Sehen Sie die Vögel einfallen? Bedeutet, daß der alte Bursche seine Beute verlassen hat.»

Am jenseitigen Flußufer sah Macomber Geier über den Bäumen kreisen und plötzlich senkrecht niederstoßen.

«Gut möglich, daß er hier entlangkommen wird, um zu saufen, ehe er sich zur Ruhe legt», flüsterte Wilson. «Halten Sie die Augen auf.»

Sie fuhren langsam an der hohen Böschung des Flusses entlang, die hier tief in sein geröllgefülltes Bett einschnitt, und sie wanden sich bei der Fahrt zwischen großen Bäumen hindurch. Macomber beobachtete das gegenüberliegende Ufer, als er fühlte, daß Wilson seinen Arm packte. Das Auto hielt.

«Da ist er», hörte er flüstern. «Geradeaus und nach rechts. Steigen Sie aus und schießen Sie. Es ist ein wunderbarer Löwe.»

Jetzt sah Macomber den Löwen. Er stand, fast in ganzer Länge sichtbar, das mächtige Haupt erhoben und ihnen zugewandt. Der frühe Morgenwind, der ihnen entgegenwehte, bewegte gerade seine dunkle Mähne, und der Löwe sah riesenhaft aus, scharf umrissen im grauen Morgenlicht auf der Uferböschung mit seinem schweren Blatt und dem tonnenförmigen, ebenmäßig gewölbten Rumpf.

«Wie weit ist er?» fragte Macomber und hob die Büchse.

«Ungefähr siebzig. Steigen Sie aus und schießen Sie.»

«Warum nicht von hier – wo ich bin – schießen?»

«Man schießt sie nicht vom Auto aus», hörte er Wilson ihm ins Ohr sagen. «Steigen Sie aus. Der bleibt da nicht den ganzen Tag stehen.»

Macomber stieg über die geschwungene Öffnung neben dem Vordersitz auf das Trittbrett und hinunter auf den Boden. Der Löwe stand immer noch da und blickte majestätisch und kühl auf diesen Gegenstand hin, den seine Augen nur als Umriß wahrnahmen – massig ausladend wie ein Riesen-Rhino. Ihm wurde keine Menschenwitterung zugetragen, und er beobachtete den Gegenstand und bewegte sein mächtiges Haupt ein wenig von einer Seite zur andern. Dann, während er den Gegenstand furchtlos beobachtete, jedoch zögerte, mit diesem Gegenüber das Ufer hinabzugehen, um zu trinken, sah er, wie sich die Gestalt eines Mannes davon loslöste, und er wandte das schwere Haupt und setzte in Sprüngen der Deckung der Bäume zu, als er ein berstendes Krachen hörte und den Einschlag einer .30-06, 220-grain-kalibrigen, massiven Patrone fühlte, die sich in seine Flanke einbiß und mit jäher, heißer, siedender

Übelkeit seinen Magen aufschlitzte. Er trabte schwerfällig, großpfotig, verwundet, prallleibig, schwankend durch die Bäume dem hohen Gras und der Deckung zu, und das Krachen kam noch einmal, ging an ihm vorbei und zerriß die Luft. Dann krachte es noch einmal, und er fühlte den Schlag, als er seine unteren Rippen traf und weiter aufschlitzte, und Blut plötzlich heiß und schaumig im Maul, und er galoppierte dem hohen Gras zu, wo er sich niederkauern konnte und nicht gesehen wurde und wo sie das krachende Ding nahe genug heranbringen mußten, daß er lossetzen und den Mann, der es hielt, erwischen konnte.

Als Macomber aus dem Auto stieg, hatte er nicht überlegt, wie dem Löwen zumute war. Er wußte nur, daß seine Hände zitterten, und als er sich vom Auto entfernte, war es ihm fast unmöglich, seine Beine in Bewegung zu setzen. Sie waren steif in den Oberschenkeln, aber er konnte fühlen, wie die Muskeln flogen. Er hob die Büchse, zielte auf die Stelle zwischen Kopf und Schultern des Löwen und drückte ab. Nichts geschah, obgleich er am Abzug zog und abdrückte, bis er glaubte, sein Finger würde zerbrechen. Dann wurde ihm klar, daß noch gesichert war, und während er die Büchse senkte, um die Sicherung vorzuschieben, bewegte er sich noch einen starren

Schritt vorwärts, und der Löwe, der seine Silhouette jetzt von der Silhouette des Autos losgelöst sah, wandte sich um und setzte sich in Trab, und als Macomber Feuer gab, hörte er einen Aufschlag, der besagte, daß die Kugel gesessen hatte, aber der Löwe lief weiter. Macomber schoß wieder, und alle sahen die Kugel hinter dem trabenden Löwen Erde aufwerfen. Er schoß nochmals und dachte daran, tiefer zu zielen, und alle hörten die Kugel auftreffen, und der Löwe ging in Galopp über und war im hohen Gras, bevor er noch repetieren konnte.

Macomber stand da, und sein Magen drehte sich um; seine Hände, die noch die schußbereite Springfield hielten, bebten, und seine Frau und Robert Wilson standen bei ihm. Neben ihm standen auch die beiden Gewehrträger und plapperten auf Wakamba.

«Ich hab ihn getroffen», sagte Macomber. «Ich hab ihn zweimal getroffen.»

«Sie haben ihn weidwund geschossen und dann noch irgendwo weiter vorn getroffen», sagte Wilson ohne Begeisterung. Die Gewehrträger sahen sehr ernst aus. Sie schwiegen jetzt.

«Vielleicht haben Sie ihn getötet», fuhr Wilson fort. «Wir müssen eine Weile warten, ehe wir hingehen, um es festzustellen.»

«Was meinen Sie damit?»

«Er soll sich erst ins Wundbett niedertun, bevor wir ihm nachspüren.»

«Hm», sagte Macomber.

«Es ist ein verdammt starker Löwe», sagte Wilson aufgeräumt, «er hat sich nur einen schlechten Platz ausgesucht.»

«Warum ist er schlecht?»

«Man sieht ihn erst, wenn man ganz dicht an ihn heran ist.»

«Hm», sagte Macomber.

«Kommen Sie, los», sagte Wilson. «Die Memsahib kann hier im Auto bleiben. Wir wollen gehen, uns die Schweißfährte besehen.»

«Bleib hier, Margot», sagte Macomber zu seiner Frau. Sein Mund war ganz trocken, und es fiel ihm schwer, zu reden.

«Warum?» fragte sie.

«Wilson sagt es.»

«Wir wollen es uns mal besehen», sagte Wilson. «Bleiben Sie hier. Von hier aus können Sie sogar besser sehen.»

«Schön.»

Wilson sprach auf Suaheli mit dem Fahrer. Er nickte und sagte: «Jawohl, Bwana.»

Dann gingen sie das steile Ufer hinunter und durch den Fluß, kletterten über und um das Geröll herum und das andere Ufer hinauf, zogen sich an ein paar vorspringenden Wurzeln hoch und gingen dann daran entlang, bis sie die Stelle fanden, wo der Löwe getrabt war, als Macomber zum erstenmal gefeuert hatte. Die Gewehrträger zeigten mit Grashalmen im kurzen Gras auf den dunklen Schweiß, der sich zwischen den Uferbäumen verlief.

«Was werden wir tun?» fragte Macomber.

«Keine große Auswahl», sagte Wilson. «Wir können das Auto nicht rüberbringen. Das Ufer ist zu steil. Wir wollen ihn ein bißchen steif werden lassen, dann werden Sie und ich hineingehen und nach ihm suchen.»

«Kann man nicht das Gras in Brand setzen?» fragte Macomber.

«Zu frisch.»

«Kann man nicht die Treiber schicken?»

Wilson sah ihn prüfend an. «Natürlich kann man», sagte er. «Aber es riecht ein bißchen nach Mord. Wir wissen, daß der Löwe getroffen ist, nicht wahr? Man kann einen unverletzten Löwen jagen – er wird sich vor einem Geräusch herbewegen –, aber ein krankgeschossener Löwe greift an. Man kann ihn erst sehen, wenn man direkt dran ist. Er wird sich völlig flach machen in einer Deckung, von der Sie nicht denken würden, daß sie einen Hasen verbergen könnte. In so 'nen Zirkus kann man nicht gut halbwüchsige Jungens hineinschicken. Irgendwer kriegt bestimmt was ab.»

«Und die Gewehrträger?»

«Oh, die gehen mit uns. Es ist ihre *shauri*. Verstehen Sie, die haben sich dazu verpflichtet. Sehr glücklich sehen sie jedoch nicht aus, was?»

«Ich will da nicht hineingehen», sagte Macomber. Es war heraus, bevor er wußte, daß er's gesagt hatte.

«Ich auch nicht», sagte Wilson sehr munter. «Haben aber tatsächlich keine Wahl.» Dann, nachträglich, warf er einen flüchtigen Blick auf Macomber und sah auf einmal, wie er zitterte, und den jämmerlichen Ausdruck auf seinem Gesicht. «Selbstverständlich brauchen Sie nicht hineinzugehen», sagte er. «Dafür bin ich ja angeheuert, nicht wahr? Darum bin ich auch so teuer.»

«Wollen Sie sagen, daß Sie da allein reingehen würden? Warum ihn nicht dort lassen?»

Robert Wilson, der sich nur mit dem Löwen und dem Problem, das er bot, beschäftigt hatte und der gar nicht an Macomber gedacht hatte, außer um vielleicht zu bemerken, daß er ein Angsthase war, hatte plötzlich ein Gefühl, als ob er in einem Hotel die falsche Tür geöffnet und etwas Peinliches gesehen hätte.

«Was wollen Sie damit sagen?»

«Warum ihn nicht einfach dort lassen?»

«Sie meinen, uns selbst vormachen, daß er nicht getroffen ist?»

«Nein, einfach lassen.»

«Das tut man nicht.»

«Warum nicht?»

«Erstens hat er bestimmt Schmerzen. Zweitens könnte irgendwer anderes zufällig auf ihn stoßen.»

«Ach so.»

«Aber Sie brauchen gar nichts damit zu tun zu haben.»

«Ich möchte aber», sagte Macomber. «Wissen Sie, ich hab's nur mit der Angst.»

«Ich werde vorangehen, wenn wir reingehen», sagte Wilson, «und Kongoni wird der Spur folgen. Halten Sie sich hinter mir und ein bißchen seitwärts. Sehr möglich, daß wir ihn knurren hören. Wenn wir ihn sehen, schießen wir beide. Machen Sie sich keinerlei Sorgen. Ich decke Sie die ganze Zeit. Wissen Sie, tatsächlich sollten Sie vielleicht lieber nicht gehen. Es ist wahrscheinlich viel besser. Warum gehen Sie nicht hinüber zu der Memsahib, während ich die Sache eben erledige?»

«Nein, ich möchte gehen.»

«Schön», sagte Wilson. «Aber gehen Sie nicht hinein, wenn Sie nicht wollen. Dies ist jetzt meine *shauri*, nicht wahr?»

«Ich möchte gehen», sagte Macomber.

Sie saßen unter einem Baum und rauchten.

«Wollen Sie hinübergehen und sich mit der Memsahib unterhalten, während wir warten?» fragte Wilson.

«Nein.»

«Ich geh eben mal hinüber und sag ihr, sie soll Geduld haben.»

«Gut», sagte Macomber. Er saß da mit trockenem Mund, ein hohles Gefühl im Magen, schwitzte unter den Armen und suchte den Mut aufzubringen, Wilson zu sagen, daß er allein hineingehen und den Löwen ohne ihn erledigen solle. Er konnte nicht wissen, daß Wilson wütend war, weil er den Zustand, in dem er sich befand, nicht eher bemerkt und ihn zu seiner Frau zurückgeschickt hatte. Während er so dasaß, kam Wilson zurück. «Hier ist Ihre große Büchse», sagte er. «Nehmen Sie sie. Ich glaube, wir haben ihm genug Zeit gelassen. Kommen Sie.»

Macomber nahm die große Büchse, und Wilson sagte:

«Bleiben Sie hinter mir und ungefähr vier Meter rechts, und tun Sie genau, was ich Ihnen sage.» Dann sprach er auf Suaheli mit den beiden Gewehrträgern, die wie ein Bild des Trübsinns aussahen.

«Wir wollen gehen», sagte er.

«Kann ich einen Schluck Wasser haben?» fragte Macomber. Wilson redete mit dem älteren Gewehrträger, der eine Wasserflasche am Gürtel trug, und der Mann hakte sie los, schraubte den Verschluß ab und reichte sie Macomber, der sie nahm und dem auffiel, wie schwer sie schien und wie haarig und abgenutzt der Filzüberzug in seiner Hand war. Er hob sie in die Höhe, um zu trinken, und blickte gerade vor sich hin, auf das hohe Gras mit den flachkronigen Bäumen dahinter. Eine Brise wehte ihnen entgegen, und das Gras wogte leise im Wind. Er blickte den Gewehrträger an, und er konnte sehen, daß der Gewehrträger auch Angst hatte.

Dreißig Meter tiefer im Gras lag der große Löwe flach hingestreckt am Boden. Seine Ohren waren angelegt, und seine einzige Bewegung war ein schwaches Auf- und Abzucken seines langen, schwarzquastigen Schwanzes. Er stellte sich, sobald er diese Deckung erreicht hatte, und die Wunde in seinem vollen Leib ließ ihn erbrechen, und die Wunde in der Lunge, die ihm jedesmal, wenn er atmete, ein dünnes, schaumiges Rot ins Maul trieb, schwächte ihn. Seine Weichen waren naß und heiß, und Fliegen waren auf den kleinen Öffnungen, die die Kugeln in sein lehmfarbenes Fell gemacht hatten, und seine großen gelben, von Haß verengten Augen blickten starr vor sich hin und zuckten nur, wenn der Schmerz beim Atmen kam und seine Pranken sich in die ausgedörrte Erde gruben. Alles in ihm, Schmerz, Übelkeit, Haß und alle ihm verbliebene Kraft verdichteten sich zum Sprung. Er konnte die Männer sprechen hören, und er wartete und preßte sein ganzes Sein in diese Vorbereitung zum Angriff – die Männer sollten nur das Gras betreten. Als er ihre Stimmen hörte, steifte sich sein Schwanz und zuckte auf und nieder, und als sie den Rand des Grases betraten, gab er ein hustendes Grunzen von sich und griff an.

Kongoni, der alte Gewehrträger an der Spitze, hielt die Schweißspur im Auge. Wilson beobachtete das Gras auf irgendeine Bewegung hin, die große Büchse schußbereit. Der zweite Gewehrträger blickte vorwärts und lauschte; Macomber war dicht hinter Wilson mit schußbereiter Büchse; sie hatten gerade das Gras betreten, als Macomber das bluterstickte, hustende Grunzen hörte und den rauschenden Ansturm im Gras sah. Das nächste, was er wußte, war, daß er rannte, wild rannte, in Panik, ins Freie, dem Fluß zu.

Er hörte das *ca-ra-wong!* von Wilsons großer Büchse und nochmals in einem zweiten Krachen *carawong!*, und sich umwendend, sah er den Löwen, der jetzt grausig aussah, als sei der halbe Kopf weg, am Saum des hohen Grases auf Wilson zukriechen, während der rotgesichtige Mann den Verschluß an der kurzen, häßlichen Büchse betätigte und sorgfältig zielte und noch ein vernichtendes *carawong*! aus der Mündung kam, und der kriechende, schwere gelbe Rumpf des Löwen erstarrte und das riesige, verstümmelte Haupt nach vorn glitt, und Macomber, der allein in der Lichtung, in die er gelaufen war, stand und ein geladenes Gewehr in der Hand hielt, wußte, während zwei schwarze Männer und ein weißer Mann voller Verachtung auf ihn zurückblickten, daß der Löwe tot war. Er ging auf Wilson zu, und seine Länge wirkte wie ein nackter Vorwurf, und Wilson sah ihn an und sagte:

«Wollen Sie Aufnahmen machen?»

«Nein», sagte er.

Das war alles, was irgendwer gesagt hatte, bis sie beim Auto angelangt waren. Dann hatte Wilson gesagt:

«Prachtkerl von einem Löwen. Die Boys werden ihn abhäuten. Wir können genausogut hier im Schatten bleiben.»

Macombers Frau hatte ihn nicht angesehen, noch er sie, und er hatte neben ihr auf dem Rücksitz gesessen, während Wilson auf dem Vordersitz saß. Einmal hatte er hinübergelangt und die Hand seiner Frau genommen, ohne sie anzublicken, und sie hatte ihre Hand weggezogen. Als er über den Fluß blickte, wo die Gewehrträger den Löwen abhäuteten, konnte er sehen, daß sie das Ganze hatte mit ansehen können. Während sie dasaßen, faßte seine Frau nach vorn und legte ihre Hand auf Wilsons Schulter. Er wandte sich um, und sie beugte sich über den niedrigen Sitz vornüber und küßte ihn auf den Mund.

«Aber was denn?» sagte Wilson und wurde röter als seine gewohnte Ziegelfarbe.

«Mr. Robert Wilson», sagte sie. «Der schöne, rotgesichtige Mr. Robert Wilson.»

Dann setzte sie sich wieder neben Macomber und blickte hinweg über den Fluß dorthin, wo der Löwe lag mit hochstehenden, weißmuskeligen, sehnengezeichneten, nackten Vorderpranken und weißem, aufgetriebenem Bauch, als die Schwarzen ihm die Haut abschabten. Schließlich brachten die Gewehrträger das Fell herüber, naß und schwer, und kletterten mit ihm hinten hinein, nachdem sie es, bevor sie einstiegen, zusammengerollt hatten, und das Auto fuhr los. Niemand hatte irgend etwas gesagt, bis sie im Lager zurück waren.

Das war die Geschichte mit dem Löwen.

Macomber hatte weder gewußt, wie dem Löwen zumute war, bevor er lossetzte, noch dabei, als ihm das unglaubliche Geschmetter der .505 mit einem Mündungsdruck von zwei Tonnen ins Maul geschlagen, noch was ihn danach weiter vorwärts getrieben hatte, als das zweite aufschlitzende Krachen ihm das Hinterteil zerschmetterte und er auf das krachende, explodierende Ding, das ihn vernichtet hatte, losgekrochen kam. Wilson wußte etwas davon und gab dem nur Ausdruck, indem er sagte: «Mordskerl von einem Löwen!» Aber Macomber wußte auch nicht, was Wilson den Dingen gegenüber empfand. Er wußte nicht, was seine Frau empfand; er wußte nur, daß er für sie erledigt war.

Er war schon häufiger für seine Frau erledigt gewesen, aber es dauerte nie an. Er war sehr wohlhabend und würde später noch viel wohlhabender sein, und er wußte, daß sie ihn jetzt nicht mehr verlassen würde. Das war eine von den wenigen Sachen, die er wirklich wußte. Das wußte er und über Motorräder wußte er Bescheid – das war das Früheste –, über Autos, über Entenjagd, über Forellen-, Lachs- und Hochseefischerei, über Erotik in Büchern, in vielen, zu vielen Büchern, über alle Ballspiele, über Hunde, nicht viel über Pferde, über das Zusammenhalten seines Geldes, über die meisten anderen Dinge, mit denen man sich in seiner Welt abgab, und daß ihn seine Frau nicht verlassen würde. Seine Frau war eine große Schönheit gewesen, und in Afrika war sie immer noch eine große Schönheit, aber zu Hause war sie keine so große Schönheit mehr, daß sie ihn hätte verlassen und es hätte besser haben können, und sie wußte es, und er wußte es. Sie hatte die Chance, ihn zu verlassen, verpaßt, und er wußte es. Wenn er sich besser auf Frauen verstanden hätte, würde sie wahrscheinlich angefangen haben, sich Gedanken zu machen, daß er eine andere schöne Frau nehmen würde, aber sie wußte auch über ihn zu viel, um sich seinetwegen zu beunruhigen. Außerdem hatte er immer eine große Duldsamkeit gezeigt, was das Netteste an ihm zu sein schien, falls es nicht das Unheimlichste war.

Alles in allem galten sie für ein verhältnismäßig glückliches Ehepaar, eines von jenen, über dessen Auseinandergehen häufig Gerüchte umlaufen, die aber nie Wirklichkeit werden, und – wie der Berichterstatter im Gesellschaftsteil sich ausdrückte: sie bereicherten ihre so viel beneidete und ewig anhaltende romantische Liebesgeschichte um mehr als die Würze des *Abenteuers* mit dieser *Safari* in dem, was als ‹dunkelstes Afrika› galt, bis die Martin Johnsons es auf der Filmleinwand in helles Licht gerückt hatten, wo sie *Old Simba*, dem Löwen, dem Büffel und *Tembo*, dem Elefanten, nachjagten und außerdem Ausstellungsstücke für das Naturkunde-Museum sammelten. Derselbe Berichterstatter hatte mitgeteilt, daß es mit ihnen bereits dreimal *auf der Kippe* gestanden hatte, was auch stimmte. Aber sie vertrugen sich immer wieder. Ihre eheliche Verbindung hatte eine zuverlässige Grundlage: Margaret war zu schön, als daß Macomber sich von ihr hätte scheiden lassen, und Macomber hatte zu viel Geld, als daß Margaret ihn je verlassen würde.

Es war jetzt gegen drei Uhr morgens, und Francis Macomber, der eine kurze Zeit über geschlafen hatte, nachdem er aufgehört hatte, über den Löwen nachzudenken, wachte auf und schlief wieder ein und erwachte plötzlich, im Traum geängstigt von dem blutköpfigen Löwen, der über ihm stand, und als er hinhorchte, während sein Herz hämmerte, merkte er, daß seine Frau nicht auf dem anderen Feldbett im Zelt war. Er lag zwei Stunden mit diesem Wissen wach.

Nach Ablauf dieser Zeit kam seine Frau ins Zelt, hob ihr Moskitonetz hoch und kroch behaglich ins Bett.

«Wo bist du gewesen?» fragte Macomber in der Dunkelheit.

«Hallo», sagte sie. «Bist du wach?»

«Wo bist du gewesen?»

«Ich war gerade mal draußen, um ein bißchen Luft zu schöpfen.»

«Den Teufel hast du das getan!»

«Was möchtest du denn, daß ich sage, Liebling?»

«Wo bist du gewesen?»

«Draußen, Luft schöpfen.»

«Das ist eine neue Bezeichnung dafür. Was für eine Hure du bist.»

«Na und du bist ein Feigling.»

«Gut», sagte er, «und was macht's?»

«Macht gar nichts, was mich anlangt. Aber bitte, wir wollen nicht reden, Liebling; ich bin so schläfrig.»

«Du glaubst, daß ich alles einstecke.»

«Ich weiß, du tust es, mein Süßer.»

«Das werde ich nicht.»

«Bitte, Liebling, wir wollen nicht reden. Ich bin so furchtbar schläfrig.»

«Es sollte nichts dergleichen passieren; du hattest es versprochen.»

«Ja, aber nun ist es passiert», sagte sie sanft.

«Du hast gesagt, daß, wenn wir die Reise machen würden, nichts dergleichen vorkommen würde. Du hattest es versprochen.»

«Ja, Liebling, so hatte ich's auch vor. Aber das gestern hat die Reise verdorben. Wir brauchen doch darüber nicht zu reden, nicht wahr?»

«Du wartest nicht lange, wenn du im Vorteil bist, was?»

«Bitte, wir wollen nicht sprechen. Ich bin so schläfrig, Liebling.»

«Ich werde aber sprechen.»

«Du brauchst keine Rücksicht auf mich zu nehmen, weil ich schlafen werde.» Und sie schlief.

Sie waren alle drei vor Tageslicht am Frühstückstisch, und Francis Macomber stellte fest, daß er von allen Männern, die er gehaßt hatte, Robert Wilson am meisten haßte.

«Gut geschlafen?» fragte Wilson mit seiner kehligen Stimme, während er sich eine Pfeife stopfte.

«Und Sie?»

«Großartig», erwiderte der weiße Jäger.

Du Scheißkerl, dachte Macomber, du unverschämter Scheißkerl.

Also hat sie ihn geweckt, als sie reinkam, dachte Wilson und sah sie beide mit seinen flachen, kalten Augen an. Na, warum sieht er nicht zu, daß seine Frau bleibt, wo sie hingehört? Wofür hält er mich denn, für einen verdammten Gipsheiligen? Soll *er* sehen, daß sie bleibt, wo sie hingehört. Ist seine eigene Schuld.

«Glauben Sie, daß wir Büffel finden werden?» fragte Margaret und schob eine Schüssel mit Aprikosen beiseite.

«Möglich», sagte Wilson und lächelte sie an. «Warum bleiben Sie nicht im Lager?»

«Für nichts in der Welt», sagte sie.

«Warum bestimmen Sie nicht, daß sie im Lager bleibt?» sagte Wilson zu Macomber.

«Bestimmen Sie's doch», sagte Macomber kalt.

«Lassen wir alles Bestimmen beiseite», und zu Macomber gewandt, «auch alle Albernheiten, Francis», sagte Margaret freundlich.

«Sind Sie bereit, aufzubrechen?» fragte Macomber.

«Jederzeit», sagte Wilson. «Wollen Sie, daß die Memsahib mitgeht?»

«Spielt es eine Rolle, ob ich will oder nicht?»

Scheiße, dachte Robert Wilson. Verdammte Scheiße. Also so wird's jetzt sein. Na, dann *wird es* eben so sein.

«Macht keinen Unterschied», sagte er.

«Und Sie, Sie möchten bestimmt nicht lieber mit ihr im Lager bleiben und mich gehen und Büffel jagen lassen?» fragte Francis Macomber.

«Kann ich nicht tun», sagte Wilson. «Würde nicht so 'n Unsinn reden, wenn ich Sie wäre.»

«Ich rede keinen Unsinn. Es kotzt mich an.»

«Häßliches Wort, ‹ankotzen›.»

«Francis, versuche bitte, vernünftig zu reden», sagte seine Frau.

«Ich rede verdammt zu vernünftig», sagte Macomber. «Hat man je solchen Saufraß gegessen?»

«Mit dem Essen was nicht in Ordnung?» fragte Wilson ruhig.

«Nicht mehr als mit allem übrigen.»

«Ich würde mich zusammenreißen, junger Mann», sagte Wilson sehr ruhig. «Der eine Boy, der bei Tisch bedient, versteht ein bißchen Englisch.»

«Zum Teufel mit ihm.»

Wilson stand auf, paffte seine Pfeife, schlenderte davon und sprach ein paar Worte auf Suaheli mit dem einen Gewehrträger, der dastand und auf ihn wartete. Macomber und seine Frau blieben am Tisch sitzen. Er starrte auf seine Kaffeetasse.

«Wenn du eine Szene machst, verlasse ich dich, Liebling», sagte Margaret ruhig.

«Nein, das wirst du nicht.»

«Du kannst es ja versuchen und sehen.»

«Du wirst mich nicht verlassen.»

«Nein», sagte sie. «Ich werde dich nicht verlassen, und du wirst dich benehmen.»

«Mich benehmen? Feine Art zu reden. Ich mich benehmen!»

«Ja, dich benehmen.»

«Warum versuchst *du* nicht, dich zu benehmen?»

«Ich hab es so lange versucht, so sehr lange.»

«Ich hasse dieses rotgesichtige Schwein», sagte Macomber. «Sein Anblick ekelt mich an.»

«Er ist wirklich *sehr* nett.»

«*Halt den Mund!*» Macomber brüllte beinahe. Gerade da fuhr das Auto vor und hielt vor dem Speisezelt, und der Fahrer und die beiden Gewehrträger stiegen aus. Wilson kam herüber und blickte auf die Eheleute, die am Tisch saßen.

«Wird auf Jagd gegangen?» fragte er.

«Ja», sagte Macomber und stand auf. «Ja.»

«Lieber was Wollenes mitnehmen, wird kühl im Auto sein», sagte Wilson.

«Ich werde meine Lederjacke holen», sagte Margaret.

«Der Boy hat sie», sagte Wilson zu ihr. Er kletterte vorne zu dem Fahrer, und Francis

Macomber und seine Frau saßen, ohne zu sprechen, auf dem Rücksitz.

Hoffentlich kommt der alberne Kerl nicht auf den Gedanken, mir eine Kugel durch den Kopf zu jagen, dachte Wilson bei sich. Frauen sind eine wahre Pest auf Safari.

Das Auto knirschte beim Bergabfahren und überquerte im grauen Tageslicht den Fluß an einer steinigen Furt und kletterte dann im Zickzack das steile Ufer hinan, wo auf Wilsons Anordnung tags zuvor ein Weg geschaufelt worden war, so daß sie in das parkartige, bewaldete, wellige Gelände auf dem jenseitigen Ufer gelangen konnten.

Ein guter Morgen, dachte Wilson. Es lag starker Tau, und während sich die Räder durch das Gras und das Gebüsch bewegten, konnte er den Geruch der zermalmten Farnwedel riechen. Es war ein Duft wie von Verbenen, und er liebte diesen Frühmorgenduft von Tau und zermalmtem Farnkraut und das Aussehen der Baumstümpfe, die im Dunst des frühen Morgens schwarz hervortraten, als das Auto seinen Weg durch das ungebahnte, parkartige Gelände nahm. Er hatte sich die beiden auf dem Rücksitz jetzt aus dem Kopf geschlagen und dachte an Büffel. Die Büffel, hinter denen er her war, hielten sich tagsüber in einem dichten Sumpf auf, wo man unmöglich zum Schuß kommen konnte, aber nachts ästen sie draußen im offenen Gelände, und wenn er mit dem Auto zwischen sie und ihren Sumpf kommen konnte, würde Macomber im Freien eine gute Chance haben. Er wollte nicht mit Macomber in dichter Deckung Büffel jagen. Er wollte überhaupt nicht und nichts, weder Büffel noch irgend etwas anderes mit Macomber jagen, aber er war Berufsjäger und war schon mit allerhand Käuzen auf die Jagd gegangen. Wenn sie heute Büffel kriegten, dann kamen nur noch Rhinos dran, und der arme Kerl hatte sein gefährliches Wild hinter sich, und alles konnte wieder angenehmer werden. Er würde mit der Frau nichts mehr zu schaffen haben, und Macomber würde auch darüber hinwegkommen. Allem Anschein nach hatte er auf diesem Gebiet schon allerlei durchgemacht. Armer Teufel! Er wußte aber wohl, wie man darüber hinwegkam. Na, es war seine eigene Scheißschuld; so ein blöder Kerl!

Er, Robert Wilson, nahm auf Safari ein doppelt breites Feldbett mit, um alles, was der Zufall für ihn abwarf, beherbergen zu können. Er jagte mit einer bestimmten Sorte Kundschaft, einer internationalen, draufgängerischen Sportclique, wo die Frauen glaubten, daß sie nicht auf ihre Kosten gekommen waren, wenn sie jenes Feldbett nicht mit dem weißen Jäger geteilt hatten. Er verachtete sie, wenn er von ihnen weg war, obschon er manche von ihnen zur Zeit gern genug gemocht hatte, aber er verdiente durch sie seinen Lebensunterhalt, und ihre Maßstäbe waren seine Maßstäbe während der Zeit, für die sie ihn engagierten. Es waren seine Maßstäbe, in allem, bis aufs Jagen. Er hatte seine eigenen Maßstäbe, wenn es ums Schießen ging, und sie hatten ihnen gerecht zu werden oder sich einen andern zum Jagen zu suchen. Er wußte auch, daß sie ihn alle deswegen respektierten. Dieser Macomber war jedoch ein Sonderling. Verflucht, und ob! Und die Frau. Tja, die Frau. Ja, die Frau. Hm, die Frau. Na, das war für ihn erledigt. Er sah sich nach ihnen um. Macomber saß wütend und finster da. Margaret lächelte ihm zu. Sie sah heute jünger aus, unschuldiger und frischer und nicht so berufsmäßig schön. Was in ihrem Herzen vorgeht, weiß Gott, dachte Wilson. Sie hatte vergangene Nacht nicht viel gesprochen. Dabei war es ein Vergnügen, sie anzusehen.

Das Auto kletterte eine leichte Anhöhe hinan und fuhr weiter zwischen den Bäumen hindurch und dann hinaus auf eine grasige, präriartige Lichtung, und hielt sich am Rande im Schatten der Bäume, und der Fahrer fuhr langsam, und Wilson blickte aufmerksam über die Prärie hin und den ganzen jenseitigen Saum entlang. Er ließ den Wagen halten und musterte die Lichtung mit seinem Jagdglas. Dann gab er dem Fahrer ein Zeichen, weiterzufahren, und das Auto bewegte sich langsam vorwärts; der Fahrer wich den Warzenschweinlöchern aus und umfuhr die von Ameisen erbauten Lehmburgen. Dann, als er über die Lichtung blickte, wandte sich Wilson plötzlich um und sagte: «Weiß Gott, da sind sie.»

Und als er dorthin blickte, wo Wilson hinzeigte, während das Auto vorwärts setzte und Wilson in schnellem Suaheli mit dem Fahrer sprach, sah Macomber drei riesige schwarze Tiere, die in ihrer Länge und Schwerfälligkeit fast zylindrisch, wie große schwarze Tankwagen, aussahen, sich im Galopp am äußersten Rand der offenen Prärie entlang bewegen. Sie bewegten sich in steifnackigem, steifleibigem Galopp, und er konnte die hochgeschwungenen, breiten schwarzen Hörner auf ihren Köpfen sehen, als sie mit vorgestreckten Köpfen galoppierten, mit Köpfen, die sich nicht bewegten.

«Es sind drei alte Bullen», sagte Wilson. «Wir schneiden ihnen den Weg ab, bevor sie den Sumpf erreichen.»

Das Auto fuhr mit toller Siebzig-Kilometer-Geschwindigkeit quer durch das freie Gelände, und während Macomber hinsah, wurden die Büffel größer und größer, bis er die graue, haarlose, räudige Erscheinung des einen Riesenbullen sehen konnte und wie sein Nacken ein Teil seiner Schultern war, und das glänzende Schwarz seiner Hörner, als er etwas hinter den anderen hergaloppierte, die in jener steten, stampfenden Gangart aneinandergereiht waren, und dann, während das Auto schwankte, als ob es gerade aus der Bahn geraten wäre, kamen sie ganz nahe, und er konnte die stampfende Riesenhaftigkeit des Bullen sehen und den Staub in seinem spärlich behaarten Fell, den breiten Buckel aus Horn und seine vorgestreckte, breitnüstrige Schnauze, und er hob seine Büchse, als Wilson rief: «Nicht vom Auto aus, Sie Idiot!», und er hatte keine Angst, nur Haß auf Wilson, während die Bremsen griffen und das Auto schleuderte und es seitwärts pflügend fast zum Stehen kam und Wilson auf der einen Seite und er auf der andern hinaussprangen, und er taumelte, als seine Füße die noch unter ihm wegsausende Erde berührten, und dann schoß er auf den Bullen, als der sich entfernte, hörte, wie die Kugeln in ihn einschlugen, und schoß seine Büchse leer auf ihn, während der Büffel sich stetig entfernte, und zum Schluß fiel es Macomber ein, seine Schüsse vorn aufs Blatt zu placieren, und als er herumfummelte, um nachzuladen, sah er den Bullen am Boden. Er sah ihn am Boden knien und den schweren Kopf hin und her werfen, und die beiden anderen sah er noch galoppieren, und er schoß auf den Leitbüffel und traf ihn. Er feuerte noch einmal und fehlte, und er hörte das Krachen, als Wilson schoß, und sah, wie der Leitbulle vornüber aufs Maul rutschte.

«Nehmen Sie den andern», sagte Wilson. «Jetzt schießen Sie!»

Aber der andere Bulle entfernte sich stetig in gleichförmigem Galopp, und er verfehlte ihn und warf Erdspritzer auf, und Wilson fehlte, und der Staub hob sich in einer Wolke, und Wilson schrie: «Kommen Sie, er ist zu weit weg!» und packte ihn am Arm, und sie waren wieder im Auto; Macomber und Wilson hingen zu beiden Seiten und schleuderten schwankend über den unebenen Boden und holten mit dem gleichmäßigen, stampfenden, schwernackigen, vorwärts galoppierenden Bullen auf.

Sie waren hinter ihm, und Macomber lud sein Gewehr, ließ Patronen zu Boden fallen; der Verschluß klemmte; er beseitigte die Ladehemmung, und dann waren sie fast auf gleicher Höhe mit dem Bullen, als Wilson «Halt!» brüllte, und das Auto schlitterte so, daß es sich beinahe um sich selber drehte, und Macomber fiel vornüber auf die Füße, spannte und hielt so viel vor, daß er gerade noch in den galoppierenden, runden schwarzen Rücken zielen konnte, zielte und schoß noch einmal, noch einmal und noch einmal, und die Kugeln, die alle einschlugen, schienen dem Bullen anscheinend nichts anzuhaben. Dann schoß Wilson, das Krachen betäubte ihn, und er sah, wie der Bulle taumelte, Macomber schoß noch einmal; er zielte sorgfältig, und er ging nieder, auf die Knie.

«Gut», sagte Wilson. «Saubere Arbeit. Das wären die drei.»

Macomber fühlte eine trunkene Freude.

«Wie oft haben Sie geschossen?» fragte er.

«Genau dreimal», sagte Wilson. «Sie haben den ersten Bullen geschossen, den größten. Ich half Ihnen die beiden anderen erledigen. Hatte Angst, daß sie in Deckung gelangen würden. Erledigt haben Sie sie. Hab nur ein bißchen aufgeräumt. Sie haben verflucht gut geschossen.»

«Kommen Sie zum Auto», sagte Macomber. «Ich möchte etwas trinken.»

«Müssen erst den Büffel da erledigen», sagte Wilson. Der Büffel war auf den Knien, und er warf wütend den Kopf hin und her und fauchte in schweinsäugiger, brüllender Wut, als sie sich ihm näherten.

«Passen Sie auf, daß er nicht hochkommt», sagte Wilson. Dann: «Stellen Sie sich ein bißchen seitlich und treffen Sie ihn in den Hals, gerade hinterm Ohr.»

Macomber zielte sorgfältig auf die Mitte des riesigen, zuckenden, wutgetriebenen Halses und schoß. Auf den Schuß hin fiel der Kopf nach vornüber.

«Das tut's», sagte Wilson. «Haben das Rückgrat gekriegt. Sehen toll aus, die Biester, was?»

«Jetzt wollen wir etwas trinken», sagte Macomber. In seinem Leben hatte er sich nicht so wohl gefühlt.

Macombers Frau saß sehr weißgesichtig im Auto. «Du warst großartig, Liebling», sagte sie zu Macomber. «Das war aber eine Fahrt.»

«War es holprig?» fragte Wilson.

«Es war furchtbar. Ich hab mich in meinem Leben nicht so gefürchtet.»

«Wir wollen alle etwas trinken», sagte Macomber.

«Gewiß», sagte Wilson. «Geben Sie der Memsahib die Feldflasche.» Sie trank den puren Whisky und schauderte ein bißchen, als sie schluckte. Sie reichte Macomber die Feldflasche, der sie Wilson reichte.

«Es war furchtbar aufregend», sagte sie. «Ich hab schreckliches Kopfweh davon bekommen. Ich wußte aber nicht, daß man sie von Autos aus schießen darf.»

«Kein Mensch hat von Autos aus geschossen», sagte Wilson kalt.

«Ich meine, sie mit Autos jagen.»

«Würde man auch für gewöhnlich nicht», sagte Wilson. «Schien mir jedoch sportlich genug, während wir's taten. Riskierten mehr, derart quer über die Ebene voller Löcher und allem möglichen zu fahren, als zu Fuß zu jagen. Der Büffel hätte, wenn er's gewollt hätte, bei jedem Schuß auf uns losgehen können. Gaben ihm jede Chance. Würde es aber lieber keinem gegenüber erwähnen. Ist gesetzwidrig, falls Sie das meinen sollten.»

«Ich fand es sehr unfair», sagte Margaret, «diese großen, hilflosen Dinger mit dem Auto zu jagen.»

«Fanden Sie?» sagte Wilson.

«Was würde geschehen, wenn man es in Nairobi erführe?»

«Erst mal würde ich meine Lizenz verlieren. Noch allerhand andere Unannehmlichkeiten sonst», sagte Wilson und nahm einen Schluck. «Ich wäre meinen Beruf los.»

«Wirklich?»

«Ja, wirklich.»

«Na», sagte Macomber, und er lächelte zum erstenmal an diesem Tag, «jetzt kann sie Ihnen eins auswischen.»

«Du hast eine so reizende Art, Sachen zu sagen, Francis», sagte Margaret Macomber. Wilson sah beide an. Wenn ein Scheißkerl ein Miststück heiratet, dachte er, was für Dreckspatzen die wohl als Kinder haben werden? Er sagte aber nur: «Wir haben den einen Gewehrträger verloren. Haben Sie's bemerkt?»

«Mein Gott, nein», sagte Macomber.

«Da kommt er», sagte Wilson. «Es ist ihm nichts passiert. Er muß heruntergefallen sein, als wir den ersten Bullen hinter uns ließen.»

Der ältliche Gewehrträger kam auf sie zu; er humpelte in seiner gestrickten Mütze, seiner Khakijacke, seiner kurzen Hose und seinen Gummisandalen daher; er blickte finster vor sich hin und sah verärgert aus. Als er herankam, rief er Wilson auf Suaheli etwas zu, und alle sahen die Veränderung im Gesicht des weißen Jägers.

«Was hat er gesagt?» fragte Margaret.

«Daß der erste Bulle aufgestanden und in den Busch gezogen ist», sagte Wilson ohne Ausdruck in der Stimme.

«Oh», sagte Macomber bestürzt.

«Dann wird's genau werden wie mit dem Löwen», sagte Margaret voller Vorfreude.

«Es wird ganz und gar nicht so werden wie mit dem Löwen», sagte Wilson zu ihr. «Wollen Sie noch etwas trinken, Macomber?»

«Danke, ja», sagte Macomber. Er erwartete, daß das Gefühl, das er beim Löwen gehabt hatte, wiederkommen würde, aber es kam nicht. Zum erstenmal in seinem Leben fühlte er sich wirklich völlig furchtlos. An Stelle von Furcht hatte er ein ausgesprochenes Gefühl ungemischter, froher Erregung.

«Wir wollen gehen und uns nach dem zweiten Bullen umsehen», sagte Wilson. «Ich werde dem Fahrer sagen, daß er den Wagen in den Schatten fährt.»

«Was wollt ihr machen?» fragte Margaret Macomber.

«Uns den Büffel ansehen», antwortete Wilson.

«Ich komme mit.»

«Kommen Sie.»

Zu dritt gingen sie hinüber zu der Stelle, wo der zweite Büffel schwarz in der Lichtung ragte, den Kopf vornüber auf dem Gras, die massiven Hörner weit geschwungen.

«Er hat ein sehr gutes Gehörn», sagte Wilson. «Das ist dicht an die fünfzig Zoll Auslage.»

Macomber sah ihn begeistert an.

«Er sieht widerwärtig aus», sagte Margaret. «Können wir nicht in den Schatten gehen?»

«Natürlich», sagte Wilson. «Sehen Sie mal», sagte er zu Macomber und zeigte mit der Hand. «Sehen Sie das Stück Busch da?»

«Ja.»

«Da ist der erste Bulle hineingegangen. Der Gewehrträger hat gesagt, daß der Bulle am Boden lag, als er vom Auto fiel. Er beobachtete uns, wie wir wie der Teufel davongepest sind und wie die beiden anderen Büffel galoppierten. Als er aufsah, war der Bulle auf den Beinen und blickte ihn an. Der Gewehrträger ist wie der Teufel gerannt, und der Bulle ist langsam in den Busch da hineingegangen.»

«Können wir ihm jetzt nach?» fragte Macomber begierig.

Wilson sah ihn prüfend an. Verdammt noch mal, wenn das nicht ein seltsamer Kauz ist, dachte er. Gestern ist ihm übel vor lauter Angst und heute ist er ein ausgekochter Feuerfresser.

«Nein, wir wollen ihm Zeit lassen.»

«Bitte, laß uns in den Schatten gehen», sagte Margaret. Ihr Gesicht war weiß, und sie sah elend aus.

Sie gingen zum Auto zurück, das unter

einem einzelnen, weitausladenden Baum stand, und kletterten hinein.

«Sehr gut möglich, daß er da drinnen tot ist», bemerkte Wilson. «Wollen bald mal nachsehen.»

Macomber verspürte ein wildes, unbändiges Glücksgefühl, das er nie zuvor gekannt hatte.

«Weiß Gott, das war eine Hatz!» sagte er. «Ich habe nie zuvor so ein Gefühl gehabt. War es nicht wunderbar, Margot?»

«Ich fand es scheußlich.»

«Warum?»

«Ich fand es scheußlich», sagte sie bitter. «Einfach widerwärtig.»

«Wissen Sie, ich glaube nicht, daß ich je wieder vor etwas Angst haben werde», sagte Macomber zu Wilson. «Etwas ging in mir vor, nachdem wir den Büffel zuerst sahen und hinter ihm herliefen. Wie ein Damm, der bricht. Es war nichts als Aufregung.»

«So was reinigt die Leber», sagte Wilson. «Verdammt komische Sachen, die einem Menschen so passieren.»

Macombers Gesicht strahlte. «Wissen Sie, irgend etwas ist wirklich mit mir passiert», sagte er. «Ich fühl mich völlig anders.»

Seine Frau sagte nichts und musterte ihn seltsam. Sie saß weit zurückgelehnt auf dem

Sitz, und Macomber saß vornübergelehnt und redete mit Wilson, der sich halb umgedreht hatte und über die Lehne des Vordersitzes hinweg sprach.

«Wissen Sie, ich würde es gern noch einmal mit einem Löwen versuchen», sagte Macomber. «Ich habe jetzt wirklich keine Angst vor ihnen. Schließlich, was können sie einem schon anhaben?»

«So ist es», sagte Wilson. «Das Schlimmste, was er tun kann, ist einen töten. Wie geht es noch? Shakespeare. Verdammt gut. Sehen, ob ich mich erinnern kann. Hm, verdammt gut. Pflegte es mir seinerzeit selber vorzuzitieren. Warten Sie. ‹Meiner Treu, was geht's mich an; ein Mann kann nur einmal sterben; wir schulden Gott einen Tod, und wie's auch gehen mag, wer dieses Jahr stirbt, braucht's im nächsten nicht mehr zu tun.› Verdammt schön, was?»

Er war sehr verlegen, nachdem er dies herausgebracht hatte, dem er nachgelebt hatte, aber er hatte schon vorher Menschen erwachsen werden sehen, und es ging ihm immer nahe. Es handelte sich nicht um ihren 21. Geburtstag.

Es hatte eines besonderen Jagdabenteuers bedurft, eines jähen Sturzes ins Handeln, ohne eine Gelegenheit, sich vorher Gedanken zu machen, um dies bei Macomber fertigzubringen, aber wodurch es auch geschehen sein mochte, geschehen war es ganz bestimmt. Sieh dir den Kerl jetzt an, dachte Wilson. Es liegt daran, daß manche so lange kleine Jungens bleiben, dachte Wilson. Manchmal ihr Leben lang. Ihre Körper sind noch jungenhaft, wenn sie fünfzig sind. Die berühmten amerikanischen ‹Knaben-Männer›. Verdammt komische Menschen. Aber er mochte diesen Macomber jetzt. Verdammt komischer Kerl. Bedeutete vielleicht auch das Ende des Hahnreitums. Na, das wäre verdammt gut. Verdammt gut. Der Kerl hatte wahrscheinlich sein Leben lang Angst gehabt. Ich weiß nicht, womit es anfing. Aber jetzt war's vorbei. Hatte keine Zeit gehabt, vor dem Büffel Angst zu haben. Das, und weil er dazu die Wut hatte. Auch das Auto. Autos machten es zu etwas Alltäglichem. Würde jetzt ein verdammter Feuerfresser sein. Er hatte es im Krieg genauso funktionieren sehen. Eine größere Veränderung, als je der Verlust der Jungfernschaft. Angst weg wie durch Operation. Etwas anderes wuchs an ihrer Stelle. Das Wesentlichste, was ein Mann hatte. Machte ihn zum Mann. Frauen kannten es auch. Keine Scheißangst.

Aus der Wagenecke blickte Margaret Macomber auf die beiden. Wilson hatte sich nicht verändert. Sie sah Wilson so, wie sie ihn tags zuvor gesehen hatte, als ihr zum erstenmal aufging, was seine große Begabung war. Aber sie sah jetzt die Veränderung in Francis Macomber.

«Kennen Sie das Glücksgefühl in bezug auf das, was geschehen wird?» fragte Macomber, der weiter seinem neuen Reichtum nachspürte.

«Man sollte nicht darüber reden», sagte Wilson und sah in das Gesicht des anderen. «Viel schicker, zu sagen, daß man Angst hat. Wohlgemerkt, Sie werden auch noch Angst haben, und zwar wieder und wieder.»

«Aber Sie *kennen* dieses Glücksgefühl vor der Tat?»

«Ja», sagte Wilson, «das gibt es. Tut aber nicht gut, über all das viel zu reden. Zerredet das Ganze. Das Beste von allem geht verloren, wenn man es zuviel beredet.»

«Ihr redet beide Quatsch», sagte Margaret. «Nur weil ihr gerade ein paar hilflose Tiere mit dem Auto gejagt habt, redet ihr wie Helden.»

«Verzeihung», sagte Wilson. «Ich hab zuviel geschwatzt.» Sie macht sich jetzt bereits Sorgen darüber, dachte er.

«Wenn du nicht weißt, worüber wir reden,

warum mischst du dich dann ein?» fragte Macomber seine Frau.

«Du bist ja plötzlich furchtbar tapfer geworden», sagte seine Frau geringschätzig. Aber ihre Geringschätzung war nicht echt. Sie hatte vor etwas große Angst.

Macomber lachte, ein sehr natürliches, herzhaftes Lachen. «Weißt du, ich bin's *wirklich*», sagte er. «Ich bin's wirklich.»

«Ist es nicht ein bißchen spät?» sagte Margaret bitter. Denn sie hatte sich Jahre hindurch die größte Mühe gegeben, und daran, wie sie jetzt miteinander standen, war nicht einer allein schuld.

«Nicht für mich», sagte Macomber.

Margaret sagte nichts, sondern setzte sich in ihrem Sitz zurück.

«Glauben Sie, daß wir ihm jetzt Zeit genug gelassen haben?» fragte Macomber Wilson munter.

«Wir können mal nachsehen», sagte Wilson. «Haben Sie noch Vollmantelgeschosse?»

«Der Gewehrträger hat welche.»

Wilson rief etwas auf Suaheli, und der ältere Gewehrträger, der einen der Köpfe abhäutete, richtete sich auf, holte eine Schachtel Vollmantelgeschosse aus der Tasche und brachte sie zu Macomber hinüber, der das

Magazin füllte und die übrigen Patronen in die Tasche steckte.

«Sie könnten geradesogut mit der Springfield schießen», sagte Wilson. «Sie sind an die gewöhnt. Wir wollen die Mannlicher bei der Memsahib im Auto lassen. Ihr Gewehrträger kann Ihnen Ihre schwere Büchse tragen. Ich hab diese verdammte Kanone. Jetzt lassen Sie mich Ihnen noch was über die Büffel da erzählen.» Er hatte dies bis zum Schluß aufgespart; er hatte Macomber nicht beunruhigen wollen. «Wenn ein Büffel angreift, kommt er mit erhobenem, vorgestrecktem Kopf auf einen zu. Der Buckel der Hörner schützt ihn gegen jede Art von Kopfschuß. Der einzige Schuß ist direkt ins Maul. Der einzige andere Schuß ist in die Brust, oder, wenn Sie seitlich stehen, in den Hals oder aufs Blatt. Wenn sie erst einmal angeschossen sind, gehört allerhand dazu, sie zu töten. Versuchen Sie keine Kunststücke. Nehmen Sie den leichtesten Schuß, der sich Ihnen bietet. Sie sind jetzt mit dem Aushäuten von dem Kopf da fertig. Wollen wir losgehen?»

Er rief den Gewehrträgern etwas zu, die sich die Hände abwischten und herankamen. Der Ältere stieg hinten ein.

«Ich nehme nur Kongoni mit», sagte Wilson. «Der andere kann aufpassen und die Vögel verscheuchen.»

Als das Auto langsam durch das freie Gelände auf die Insel von Bäumen und Unterholz zufuhr, die wie eine belaubte Zunge an einem ausgetrockneten Wasserlauf, der die offene Niederung schnitt, entlanglief, fühlte Macomber das Hämmern seines Herzens, und sein Mund war wieder trocken, aber es war Aufregung, nicht Angst.

«Hier ist die Stelle, wo er reingegangen ist», sagte Wilson. Dann auf Suaheli zu dem Gewehrträger: «Nimm die Schweißfährte auf.»

Das Auto stand parallel zu dem Stück Busch. Macomber, Wilson und der Gewehrträger stiegen aus. Macomber blickte zurück und sah, daß seine Frau mit dem Gewehr neben sich ihn anblickte. Er winkte ihr zu, aber sie winkte nicht zurück.

Das Buschwerk vor ihnen war sehr dicht, und der Boden war trocken. Der ältliche Gewehrträger schwitzte heftig, und Wilson hatte den Hut tief ins Gesicht gezogen, und sein roter Nacken leuchtete dicht vor Macomber. Plötzlich sagte der Gewehrträger irgend etwas auf Suaheli zu Wilson und rannte vorwärts.

«Er ist tot da drinnen», sagte Wilson. «Gute Arbeit», und er wandte sich um und packte Macombers Hand, und während sie einander die Hände schüttelten und sich angrinsten, brüllte der Gewehrträger wie wild, und sie sahen ihn aus dem Busch herauskommen, seitwärts, schnell wie eine Krabbe, und den Bullen kommen, Nase geradeaus, festgeschlossenes Maul, bluttriefend, den massigen Kopf vorgestreckt, im Angriff kommen, und die kleinen Schweinsaugen blutunterlaufen, als er sie anblickte. Wilson, der zuvorderst war, kniete und schoß, und Macomber, der bei dem Krachen von Wilsons Büchse den eigenen Schuß nicht hörte, sah, als er schoß, Stücke wie Schiefer von dem riesigen Hornwulst absplittern, und der Kopf schleuderte hin und her, und er schoß noch einmal auf die offenen Nüstern, und sah wieder die Hörner rucken und Splitter umherfliegen, und er sah jetzt Wilson nicht und zielte sorgfältig und schoß noch einmal, die riesige Masse des Büffels beinahe auf sich drauf und seine Büchse beinahe auf gleicher Höhe mit dem näher kommenden Kopf, der vorgestreckten Nase, und er konnte die kleinen, bösartigen Augen sehen, und der Kopf begann sich zu senken, und er fühlte einen plötzlichen, weißglühenden, blendenden Blitz in seinem Kopf explodieren, und das war alles, was er noch fühlte.

Wilson hatte sich etwas zur Seite geduckt, um einen Blattschuß anzubringen. Macomber hatte unbeweglich dagestanden und aufs Maul geschossen und immer eine Spur zu hoch geschossen und die schweren Hörner getroffen, sie zersplittert und abgebröckelt, als ob er ein Schieferdach getroffen hätte, und Mrs. Macomber im Auto hatte mit der 6.5 Mannlicher auf den Büffel geschossen, als er gerade Macomber zu durchbohren schien, und hatte ihren Mann ungefähr fünf Zentimeter und ein bißchen seitlich über der Schädelbasis getroffen.

Francis Macomber lag jetzt mit dem Gesicht nach unten, keine zweieinhalb Meter von der Stelle, wo der Büffel niedergestreckt lag, und seine Frau kniete über ihm, mit Wilson neben sich.

«Ich würde ihn nicht umdrehen», sagte Wilson.

Die Frau weinte hysterisch.

«Ich würde mich wieder ins Auto setzen», sagte Wilson. «Wo ist die Büchse?»

Sie schüttelte den Kopf; ihr Gesicht war verzerrt. Der Gewehrträger hob die Büchse auf.

«Laß alles, wie's ist», sagte Wilson. Dann: «Geh, hol Abdullah, damit er über die Art des Unfalls aussagen kann.»

Er kniete nieder, zog sein Taschentuch heraus und breitete es über Francis Macombers kurzgeschorenen Kopf, so wie er lag. Das Blut sickerte in die trockene, lockere Erde.

Wilson stand auf und sah den Büffel auf der Seite liegen, die Beine ausgestreckt, den dünnbehaarten Leib von Zecken krabbelnd. Prachtkerl von einem Bullen, vermerkte sein Verstand automatisch. Gut fünfzig Zoll oder mehr. Mehr. Er rief den Fahrer und hieß ihn eine Decke über die Leiche breiten und bei ihr bleiben. Dann ging er zum Auto hinüber, in dem die Frau weinend in einer Ecke saß.

«Das haben Sie ja fein gemacht», sagte er mit tonloser Stimme. «Er *hätte* Sie auch verlassen.»

«Seien Sie still», sagte sie.

«Natürlich ist es ein Unfall», sagte er. «Das weiß ich.»

«Seien Sie still», sagte sie.

«Machen Sie sich keine Sorgen», sagte er. «Es wird ein gewisses Maß an Unannehmlichkeiten geben, aber ich werde ein paar Aufnahmen machen lassen, die beim Verhör sehr nützlich sein werden. Dann haben wir ja auch noch die Zeugenaussagen der Gewehrträger und des Fahrers. Es passiert Ihnen nichts.»

«Seien Sie still», sagte sie.

«Gibt eine verdammte Menge zu erledigen», sagte er. «Ich muß einen Lastwagen zum See schicken, um nach einem Flugzeug zu funken, das uns drei nach Nairobi bringen kann. Warum haben Sie ihn nicht vergiftet? So macht man's in England.»

«Seien Sie still. Seien Sie still. Seien Sie still!» schrie die Frau.

Wilson sah sie mit seinen flachen blauen Augen an.

«Jetzt bin ich fertig», sagte er. «Ich war ein bißchen ärgerlich. Ich fing gerade an, Ihren Mann gern zu haben.»

«Ach bitte, seien Sie still», sagte sie. «Bitte, bitte, seien Sie still.»

«So ist's besser», sagte Wilson. «Bitte ist viel besser. Jetzt werde ich still sein.»

Alter Mann an der Brücke

Ein alter Mann mit einer stahlgeränderten Brille und sehr staubigen Kleidern saß am Straßenrand. Über den Fluß führte eine Pontonbrücke, Karren, Lastautos, Männer, Frauen und Kinder überquerten sie. Die von Maultieren gezogenen Karren schwankten die steile Uferböschung hinter der Brücke hinauf, Soldaten halfen und stemmten sich in die Speichen der Räder. Die Lastautos arbeiteten schwer, um aus alldem herauszukommen, und die Bauern stapften in dem knöcheltiefen Staub einher. Aber der alte Mann saß da, ohne sich zu bewegen. Er war zu müde, um noch weiter zu gehen.

Ich hatte den Auftrag, die Brücke zu überqueren, den Brückenkopf auf der anderen Seite auszukundschaften und ausfindig zu machen, bis zu welchem Punkt der Feind vorgedrungen war. Ich tat das und kehrte über die Brücke zurück. Jetzt waren dort nicht mehr so viele Karren und nur noch wenige

Leute zu Fuß, aber der alte Mann war immer noch da.

«Wo kommen Sie her?» fragte ich ihn.

«Aus San Carlos», sagte er und lächelte.

Es war sein Heimatort, und darum machte es ihm Freude, ihn zu erwähnen, und er lächelte.

«Ich habe Tiere gehütet», erklärte er.

«So», sagte ich und verstand nicht ganz.

«Ja», sagte er, «wissen Sie, ich blieb, um die Tiere zu hüten. Ich war der letzte, der die Stadt San Carlos verlassen hat.»

Er sah weder wie ein Schäfer noch wie ein Rinderhirt aus, und ich musterte seine staubigen schwarzen Sachen und sein graues, staubiges Gesicht und seine stahlgeränderte Brille und sagte: «Was für Tiere waren es denn?»

«Allerhand Tiere», erklärte er und schüttelte den Kopf. «Ich mußte sie dalassen.»

Ich beobachtete die Brücke und das afrikanisch aussehende Land des Ebro-Deltas und war neugierig, wie lange es jetzt wohl noch dauern würde, bevor wir den Feind sehen würden, und ich horchte die ganze Zeit über auf die ersten Geräusche, die immer wieder das geheimnisvolle Ereignis ankündigen, das man ‹Fühlung nehmen› nennt, und der alte Mann saß immer noch da.

«Was für Tiere waren es?» fragte ich.

«Es waren im ganzen drei Tiere», erklärte er. «Es waren zwei Ziegen und eine Katze und dann noch vier Paar Tauben.»

«Und Sie mußten sie dalassen?» fragte ich.

«Ja, wegen der Artillerie. Der Hauptmann befahl mir fortzugehen, wegen der Artillerie.»

«Und Sie haben keine Familie?» fragte ich und beobachtete das jenseitige Ende der Brücke, wo ein paar letzte Karren die Uferböschung herunterjagten.

«Nein», sagte er, «nur die Tiere, die ich angegeben habe. Der Katze wird natürlich nichts passieren. Eine Katze kann für sich selbst sorgen, aber ich kann mir nicht vorstellen, was aus den andern werden soll.»

«Wo stehen Sie politisch?» fragte ich.

«Ich bin nicht politisch», sagte er. «Ich bin 76 Jahre alt. Ich bin jetzt zwölf Kilometer gegangen, und ich glaube, daß ich jetzt nicht weiter gehen kann.»

«Dies ist kein guter Platz zum Bleiben», sagte ich. «Falls Sie es schaffen könnten, dort oben, wo die Straße nach Tortosa abzweigt, sind Lastwagen.»

«Ich will ein bißchen warten», sagte er, «und dann werde ich gehen. Wo fahren die Lastwagen hin?»

«Nach Barcelona zu», sagte ich ihm.

«Ich kenne niemand in der Richtung»,

sagte er, «aber danke sehr. Nochmals sehr schönen Dank.»

Er blickte mich ganz ausdruckslos und müde an, dann sagte er, da er seine Sorgen mit jemandem teilen mußte: «Der Katze wird nichts passieren, das weiß ich; man braucht sich wegen der Katze keine Gedanken zu machen. Aber die andern; was glauben Sie wohl von den andern?»

«Ach, wahrscheinlich werden sie heil durch alles durchkommen.»

«Glauben Sie das?»

«Warum nicht?» sagte ich und beobachtete das jenseitige Ufer, wo jetzt keine Karren mehr waren.

«Aber was werden sie unter der Artillerie tun, wo man mich wegen der Artillerie fortgeschickt hat?»

«Haben Sie den Taubenkäfig unverschlossen gelassen?» fragte ich.

«Ja.»

«Dann werden sie wegfliegen.»

«Ja, gewiß werden sie wegfliegen. Aber die andern? Es ist besser, man denkt nicht an die andern», sagte er.

«Wenn Sie sich ausgeruht haben, würde ich gehen», drängte ich. «Stehen Sie auf, und versuchen Sie jetzt einmal zu gehen.»

«Danke», sagte er und stand auf,

schwankte hin und her und setzte sich dann rücklings in den Staub.

«Ich habe Tiere gehütet», sagte er eintönig, aber nicht mehr zu mir. «Ich habe doch nur Tiere gehütet.»

Man konnte nichts mit ihm machen. Es war Ostersonntag, und die Faschisten rückten gegen den Ebro vor. Es war ein grauer, bedeckter Tag mit tiefhängenden Wolken, darum waren ihre Flugzeuge nicht am Himmel. Das und die Tatsache, daß Katzen für sich selbst sorgen können, war alles an Glück, was der alte Mann je haben würde.

Oben in Michigan

Jim Gilmore kam aus Kanada nach Hortons Bay. Er kaufte dem alten Horton die Schmiede und die Eisenhandlung ab. Jim war stämmig und dunkel, mit einem großen Schnurrbart und großen Händen. Er war ein guter Hufschmied, aber sah selbst mit seinem Lederschurz nicht sehr wie ein Schmied aus. Er wohnte oben über der Eisenhandlung und nahm seine Mahlzeiten bei D. J. Smith ein.

Liz Coates arbeitete bei Smiths. Mrs. Smith, die eine sehr dicke, saubere Frau war, sagte, daß Liz Coates das ordentlichste Mädchen sei, das sie je gesehen hätte. Liz hatte hübsche Beine und trug immer saubere Kattunschürzen, und es fiel Jim auf, daß ihr Haar immer ordentlich war. Ihm gefiel ihr Gesicht, weil es so vergnügt war, aber er dachte niemals an sie.

Liz mochte Jim sehr gern. Sie mochte die Art, wie er von der Schmiede herüberkam, und sie ging häufig zur Küchentür, um darauf zu warten, daß er sich auf den Weg machte. Sie mochte seinen Schnurrbart. Sie mochte es, wie weiß seine Zähne waren, wenn er lächelte. Sie mochte es sehr, daß er nicht wie ein Grobschmied aussah. Sie mochte es, daß D. J. Smith und Mrs. Smith Jim so gut leiden mochten. Eines Tages merkte sie, daß sie mochte, daß das Haar auf seinen Armen so schwarz war und daß die Arme so weiß über dem gebräunten Teil waren, wenn er sich in dem Waschbecken vor dem Haus wusch. Daß sie dies mochte, gab ihr ein komisches Gefühl.

Die Stadt, Hortons Bay, bestand nur aus fünf Häusern auf der Hauptstraße zwischen Boyne City und Charlevoix. Da gab's den Kaufladen und die Post mit einer großartigen Scheinfassade und vielleicht einem abgekoppelten Anhänger davor, Smiths Haus, Strouds Haus, Dillworths Haus, Hortons Haus und Van Hoosens Haus. Die Häuser lagen in einem Ulmenwäldchen, und die Straße war sehr sandig. Die Straße lief in beiden Richtungen durch Ackerland und Waldungen. Ein Stückchen die Straße hinauf war die Methodistenkirche und die Straße hinunter in der anderen Richtung die Gemeindeschule. Die Eisenhandlung war rot gestrichen und lag der Schule gegenüber.

Ein steiler, sandiger Weg lief durch die Wälder den Hügel hinab zur Bucht. Von Smiths Hintertür konnte man über die Wälder hinwegsehen, die sich bis zum See erstreckten, und über die Bucht. Im Frühling und im Sommer war es sehr schön, die Bucht blau und licht und meistens Schaumkämme auf dem See draußen jenseits der Landspitze von der Brise, die von Charlevoix und dem Michigansee herunterblies. Von Smiths Hintertür aus konnte Liz weit draußen auf dem See die Erzkähne sehen, die nach Boyne City fuhren. Wenn sie sie betrachtete, schienen sie sich überhaupt nicht zu bewegen, aber wenn sie hineinging und weiter Geschirr abtrocknete und dann wieder herauskam, waren sie jenseits der Landspitze außer Sicht.

Die ganze Zeit über dachte Liz jetzt an Jim Gilmore. Er schien nicht viel Notiz von ihr zu nehmen. Er sprach mit D. J. Smith über sein Geschäft und über die Republikanische Partei und über James G. Blaine. Abends las er bei der Lampe im Vorderzimmer *The Toledo Blade* und die Zeitung von Grand Rapids oder ging mit D. J. Smith zur Bucht hinunter, um bei Licht Fische zu stechen. Im Herbst nahmen er und Smith und Charley Wyman einen Wagen, ein Zelt, Fressalien, Äxte, ihre Flinten und zwei Hunde und machten eine Tour in die Kiefernebene hinter Vanderbilts

Jagdgelände. Liz und Mrs. Smith kochten vier Tage lang für sie, bevor sie aufbrachen, Liz wollte etwas Besonderes für Jim zum Mitnehmen machen, aber sie tat es schließlich nicht, weil sie Angst hatte, Mrs. Smith um Eier und Mehl zu bitten, und außerdem Angst hatte, daß Mrs. Smith sie, wenn sie sie kaufte, beim Backen ertappen würde. Mrs. Smith hätte gar nichts einzuwenden gehabt, aber Liz hatte Angst.

Die ganze Zeit über, die Jim auf dem Jagdausflug war, dachte Liz an ihn. Es war schrecklich, während er weg war. Sie konnte nicht gut schlafen, weil sie an ihn dachte, aber sie entdeckte, daß es auch Spaß machte, an ihn zu denken. Wenn sie sich gehenließ, war es besser. Die Nacht, bevor sie zurückkommen sollten, schlief sie überhaupt nicht; das heißt, sie dachte, daß sie nicht schlief, weil alles durcheinanderging in einem Traum von Nichtschlafen und wirklich Nichtschlafen. Als sie den Wagen die Straße entlangkommen sah, war ihr irgendwie flau und übel zumute. Sie konnte kaum abwarten, bis sie Jim sah, und sie meinte, daß alles gut sein würde, sobald er da wäre. Der Wagen hielt draußen unter der großen Ulme, und Mrs. Smith und Liz gingen hinaus. Die Männer hatten alle Bärte, und am Boden des Wagens lagen drei Rehe, deren dünne Beine steif über den Rand des Kutschbocks hervorstakten. Mrs. Smith küßte D. J. Smith, und er umarmte sie. Jim sagte: «Hallo, Liz», und grinste. Liz hatte nicht gewußt, was nun wirklich geschehen würde, wenn Jim zurückkam, aber sie war überzeugt, daß etwas geschehen würde. Nichts geschah. Die Männer waren wieder zu Hause; das war alles. Jim zog die Leinwandsäcke von den Rehen, und Liz sah sie sich an. Eines war ein großer Bock. Er war steif und schwer aus dem Wagen zu heben.

«Hast du den geschossen, Jim?» fragte Liz.

«Tja, 'ne richtige Schönheit, was?» Jim nahm ihn auf den Rücken, um ihn in die Räucherkammer zu tragen.

An jenem Abend blieb Charley Wyman zum Abendessen bei Smith. Es war zu spät, um nach Charlevoix zurückzugehen. Die Männer wuschen sich und warteten im Vorderzimmer aufs Abendessen.

«Ist denn nicht noch was drin in der Kruke, Jim?» fragte D. J. Smith. Jim ging hinaus zum Wagen in den Schuppen und holte den Krug mit dem Whiskey, den die Männer auf die Jagd mitgenommen hatten. Es war ein Vierzehn-Liter-Krug, und es schwappte noch ziemlich viel auf dem Grund hin und her. Jim tat einen tiefen Zug auf dem Weg zurück zum

Haus. Es war schwierig, solch einen großen Krug hochzuheben, um daraus zu trinken. Ein bißchen Whiskey lief auf sein Vorhemd hinunter. Die beiden Männer lächelten, als Jim mit dem Krug hereinkam. D. J. Smith rief nach Gläsern, und Liz brachte welche. D. J. schenkte drei ganz gehörige ein.

«Na, auf dein Spezielles, D. J.», sagte Charles Wyman.

«Auf den Riesenkerl von einem Bock, Jimmy», sagte D. J.

«Auf alle, die wir verfehlt haben, D. J.», sagte Jim und goß die Flüssigkeit runter.

«Das schmeckt 'nem Kerl, was?»

«In dieser Jahreszeit ist es die beste Medizin für alle Wehwehs.»

«Wie ist es mit noch einem, Jungens?»

«Na klar, D. J.»

«Runter damit, Jungens.»

«Auf nächstes Jahr.»

Jim begann sich fabelhaft zu fühlen. Er liebte den Geschmack und das Gefühl von Whiskey. Er war froh, wieder zurück zu sein, in seinem Laden, seinem bequemen Bett und bei seinem warmen Essen. Er trank noch einen. Die Männer fühlten sich ausgelassen und übermütig, als sie zum Abendessen hineingingen, aber sie benahmen sich sehr manierlich. Liz saß mit bei Tisch, nachdem sie das Essen hingestellt hatte, und aß mit der Familie. Das Essen war gut. Die Männer aßen mit Andacht. Nach dem Abendessen gingen sie wieder ins Vorderzimmer, und Liz räumte mit Mrs. Smith zusammen ab. Dann ging Mrs. Smith hinauf, und ziemlich bald darauf kam Smith heraus und ging auch hinauf. Jim und Charley waren noch im Vorderzimmer. Liz saß in der Küche neben dem Ofen und tat so, als ob sie ein Buch las, und dachte an Jim. Sie wollte noch nicht zu Bett gehen, weil sie wußte, daß Jim herauskommen würde, und sie wollte ihn sehen, wie er hinausging, so daß sie das Bild, wie er ausgesehen hatte, mit sich hinauf ins Bett nehmen konnte.

Sie dachte intensiv an ihn, und dann kam Jim heraus. Seine Augen glänzten, und sein Haar war ein bißchen verstrubbelt. Liz blickte in ihr Buch. Jim ging hinüber hinter ihren Stuhl und stand da, und sie konnte seinen Atem spüren, und dann umschlang er sie mit beiden Armen. Ihre Brüste fühlten sich prall und fest an, und die Brustwarzen standen aufrecht unter seinen Händen. Liz bekam einen furchtbaren Schreck; niemand hatte sie je angefaßt, aber sie dachte: Endlich kommt er zu mir. Er ist wirklich gekommen.

Sie hielt sich steif, weil sie solche Angst hatte, und wußte nicht, was sie sonst tun sollte, und dann preßte Jim sie fest gegen den Stuhl und küßte sie. Es war solch ein scharfes, wehes, schmerzendes Gefühl, daß sie dachte, sie könne es nicht ertragen. Sie fühlte Jim direkt durch die Stuhllehne hindurch, und sie konnte es kaum ertragen, und dann schnappte etwas in ihr, und das Gefühl war wärmer und linder. Jim hielt sie fest gegen den Stuhl gepreßt, und jetzt wollte sie es, und Jim flüsterte: «Komm spazieren.»

Liz nahm ihren Mantel vom Haken an der Küchenwand, und sie gingen zur Tür hinaus. Jim hatte den Arm um sie, und alle paar Schritte blieben sie stehen und preßten sich gegeneinander, und Jim küßte sie. Es war kein Mond, und sie gingen knöcheltief auf dem sandigen Weg zwischen den Bäumen hinunter zum Anlegeplatz und Speicher in der Bucht. Das Wasser klatschte gegen die Holzstapel, und die Landspitze war dunkel jenseits der Bucht. Es war kalt, aber Liz war heiß am ganzen Körper, weil sie mit Jim war. Sie setzten sich in den Schutz des Speichers, und Jim zog Liz dicht an sich. Sie hatte Angst. Eine von Jims Händen schlüpfte in ihr Kleid und streichelte über ihre Brust, und die andere Hand war in ihrem Schoß. Sie bekam einen großen Schreck und wußte nicht, was er weiter tun würde, aber sie kuschelte sich eng an ihn.

Dann war die Hand, die sich in ihrem Schoß so groß angefühlt hatte, mit einemmal weg und auf ihrem Bein und fing an, sich hinaufzubewegen.

«Nicht, Jim», sagte Liz. Jim ließ seine Hand weiter hinaufgleiten.

«Du darfst nicht, Jim. Du darfst nicht.» Weder Jim noch Jims große Hand nahmen Notiz von ihr.

Die Planken waren hart. Jim hatte ihr Kleid hochgezogen und versuchte, etwas mit ihr zu tun. Sie hatte Angst, aber sie wollte es. Sie mußte es geschehen lassen, aber sie hatte Angst davor.

«Du darfst es nicht tun, Jim. Du darfst nicht.»

«Ich muß. Ich will. Du weißt, daß wir müssen.»

«Nein, wir müssen nicht, Jim. Wir müssen nicht. Ach, es ist nicht recht. Oh, es ist so groß und tut so weh. Du darfst nicht, o Jim, oh.»

Die Fichtenplanken des Anlegeplatzes waren hart, splitterig und kalt, und Jim lag schwer auf ihr, und er hatte ihr weh getan. Liz schubste ihn; sie lag so unbequem und verkrampft da. Jim schlief. Er wollte sich nicht rühren. Sie arbeitete sich unter ihm hervor und setzte sich auf und zog ihren Rock und ihren Mantel zurecht und versuchte ihr Haar in Ordnung zu bringen. Jim schlief und hatte den Mund ein wenig geöffnet. Liz neigte sich hinüber und küßte ihn auf die Backe. Er schlief immer noch. Sie hob seinen Kopf ein wenig und schüttelte ihn. Er drehte den Kopf zur Seite und schluckte. Liz begann zu weinen. Sie ging hinüber bis ans Ende des Anlegeplatzes und sah ins Wasser hinab. Von der Bucht stieg Nebel auf. Ihr war kalt und unglücklich zumute, und alles war weg. Sie ging zurück zu der Stelle, wo Jim lag, und schüttelte ihn noch einmal, um sich zu vergewissern. Sie weinte.

«Jim», sagte sie. «Jim. Bitte, Jim.»

Jim rührte sich und kringelte sich noch ein wenig fester zusammen. Liz zog ihren Mantel aus und beugte sich hinab und deckte ihn damit zu. Sie steckte ihn sorgfältig und ordentlich um ihn herum fest. Dann ging sie quer über den Anlegeplatz und den steilen, sandigen Weg hinan, um zu Bett zu gehen. Ein kalter Nebel kam von der Bucht her durch die Wälder herauf.

Das Ende von Etwas

Früher einmal war Hortons Bay eine Bauholz-Stadt gewesen. Niemand, der dort wohnte, war außerhalb des Hörbereichs der großen Sägemühle am See. Dann, eines Tages, gab es keine Baumstämme mehr, um Bauholz zu machen. Die Holzschoner kamen in die Bucht und wurden mit dem Schnittholz des Sägewerks, das auf dem Hof gestapelt stand, beladen. Alle Stapel Bauholz wurden weggebracht. Aus der großen Mühle nahm man alle transportablen Maschinen fort und ließ sie von den Leuten, die bisher in der Mühle gearbeitet hatten, auf einen der Schoner laden. Der Schoner entfernte sich aus der Bucht hinaus dem offenen See zu, an Bord die beiden großen Sägen, den Transportwagen, der die Baumstämme gegen die rotierenden Kreissägen drückte, und all die Walzen, Räder, Treibriemen und Eisen, aufgetürmt auf einer schiffsrumpftiefen Ladung Bauholz. Nachdem der offene Raum mit Planen zugedeckt und diese festgebunden waren, füllten sich die Segel des Schoners, und er bewegte sich hinaus in den offenen See, all das mit sich führend, was die Mühle zur Mühle und Hortons Bay zur Stadt gemacht hatte.

Die einstöckigen Schlafquartiere, das Speisehaus, das Warenhaus, die Mühlenbüros und die große Mühle selbst standen verlassen inmitten von ungeheuren Mengen Sägemehls da, das die sumpfige Wiese am Ufer der Bucht bedeckte.

Zehn Jahre später war nur noch der zerfallene weiße Kalkstein der Grundmauern von dem Sägewerk übrig, den Nick und Marjorie, als sie am Ufer entlangruderten, durch die sumpfige, in zweiter Blüte stehende Wiese schimmern sahen. Sie angelten am Rand der Fahrrinne, wo der Grund plötzlich von flachen, sandigen Stellen zu zwölf Fuß tiefem dunklem Wasser abfiel. Sie angelten auf ihrem Weg zu der Landspitze, wo sie für die Regenbogenforellen Nachtangeln auslegen wollten.

«Da ist unsere alte Ruine, Nick», sagte Marjorie.

Nick blickte beim Rudern auf die weißen Steine zwischen den grünen Bäumen.

«Ja, da ist sie», sagte er.

«Kannst du dich daran erinnern, als es ein Sägewerk war?» fragte Marjorie.

«Ja, eben», sagte Nick.

«Es sieht eher wie ein Schloß aus», sagte Marjorie.

Nick sagte nichts. Sie ruderten weiter, verloren das Sägewerk aus den Augen und folgten der Uferlinie. Dann kreuzte Nick die Bucht. «Sie beißen nicht an», sagte er.

«Nein», sagte Marjorie. Auch während sie sprach, paßte sie die ganze Zeit über scharf auf die Angel auf. Sie fischte gern. Sie fischte gern mit Nick.

Ganz dicht am Boot durchbrach eine große Forelle den Wasserspiegel. Nick zog kräftig an einem Ruder, um das Boot zu wenden, damit der Köder, der weit hinter ihnen trieb, dort vorbeikam, wo die Forelle fraß. Als der Rücken der Forelle aus dem Wasser auftauchte, sprangen die Elritzen wie wild. Sie sprenkelten die Oberfläche, als hätte man eine Handvoll Schrot ins Wasser geworfen. Eine zweite Forelle durchbrach fressend das Wasser auf der anderen Seite des Bootes.

«Sie fressen», sagte Marjorie.

«Aber sie beißen nicht an», sagte Nick.

Er ruderte das Boot herum, um zwischen den beiden fressenden Fischen hindurchzuködern; dann nahm er Kurs auf die Landspitze. Marjorie haspelte die Angelschnur erst auf, als das Boot das Ufer berührte.

Sie zogen das Boot auf den Strand, und Nick hob einen Eimer mit lebenden Barschen heraus. Die Barsche schwammen im Wasser im Eimer umher. Nick fing drei von ihnen mit der Hand, schnitt ihnen die Köpfe ab und enthäutete sie, während Marjorie mit ihren Händen im Eimer herumjagte, schließlich einen Barsch fing, seinen Kopf abschnitt und ihn enthäutete. Nick besah sich ihren Fisch.

«Nimm lieber die Bauchflosse nicht heraus», sagte er. «Es geht zwar als Köder, aber es ist besser, wenn die Bauchflosse darin bleibt.»

Er hakte jeden der enthäuteten Barsche durch den Schwanz. An dem Vorfach jeder Angel waren zwei Haken befestigt. Dann ruderte Marjorie das Boot über die Fahrrinne hinaus, sie hielt die Leine zwischen den Zähnen und hatte das Gesicht Nick zugewandt, der am Ufer stand, die Angelrute hielt und die Schnur von der Rolle laufen ließ.

«So ungefähr da», rief er.

«Soll ich sie loslassen?» rief Marjorie zurück, die Leine in der Hand.

«Ja, laß sie los.»

Marjorie ließ die Leine über Bord und sah zu, wie die Köder im Wasser niedersanken.

Sie kam mit dem Boot zurück und legte die zweite Leine auf die gleiche Art aus. Beide

Male legte Nick ein schweres Stück Treibholz über das dicke Ende der Angelrute, um sie in Position zu halten, und stützte sie mit einem kleinen Stück Holz ab. Er haspelte die schlaffe Leine auf, so daß die Leine straff bis zu der Stelle lief, wo der Köder auf dem sandigen Grund der Fahrrinne lag, und setzte den Sperrhaken auf die Rolle. Sobald eine Forelle auf dem Grund fraß und den Köder nahm, würde sie damit wegziehen, die Leine hastig von der Rolle abwickeln und so die Rolle mit dem Sperrhaken zum Schnurren bringen.

Marjorie ruderte ein Stückchen an der Landspitze entlang, um nicht der Leine in die Quere zu kommen. Sie zog kräftig an den Rudern, und das Boot lief ein ganzes Stück den Strand hinauf. Kleine Wellen kamen mit ihm herauf. Marjorie stieg aus dem Boot, und Nick zog das Boot weit den Strand hinauf.

«Was ist denn los, Nick?» fragte Marjorie.

«Ich weiß nicht», sagte Nick und holte Holz, um Feuer zu machen.

Sie machten ein Feuer mit Treibholz. Marjorie ging zum Boot und holte eine Decke. Die Abendbrise blies den Rauch nach der Landspitze zu, darum breitete Marjorie die Decke zwischen dem Feuer und dem See aus.

Marjorie saß auf der Decke mit dem Rücken zum Feuer und wartete auf Nick. Er kam

herüber und setzte sich neben sie auf die
Decke. Hinter ihnen war der dichte junge
Baumwuchs der Landspitze, und vor ihnen
war die Bucht mit der Mündung von Hortons
Creek. Es war nicht ganz dunkel. Der
Feuerschein reichte bis zum Wasser. Sie konnten beide die zwei Stahlruten schräg über dem
dunklen Wasser sehen. Das Feuer blinkte auf
den Rollen.

Marjorie packte den Abendbrotkorb aus.

«Mir ist gar nicht nach Essen», sagte Nick.

«Los, komm und iß, Nick.»

«Schön.»

Sie aßen, ohne zu sprechen, und beobachteten die beiden Angelruten und den Feuerschein auf dem Wasser.

«Heute abend gibt's Mondschein», sagte
Nick. Er sah über die Bucht hinweg nach den
Hügeln, die sich scharf gegen den Himmel abzuzeichnen begannen. Er wußte, hinter den
Hügeln kam der Mond herauf.

«Ich weiß», sagte Marjorie vergnügt.

«Du weißt alles», sagte Nick.

«Ach bitte, Nick. Laß das. Bitte, sei nicht
so.»

«Ich kann nichts dafür», sagte Nick. «Es ist
doch so. Du weißt alles. Das ist das Unglück.
Du weißt es.»

Marjorie sagte gar nichts.

«Ich habe dir alles beigebracht. Du weißt, daß es so ist. Überhaupt, was weißt du eigentlich nicht?»

«Ach, sei doch still», sagte Marjorie. «Da kommt der Mond.»

Sie saßen auf der Decke, ohne sich zu berühren, und sahen zu, wie der Mond aufging.

«Du brauchst doch nicht so dumm zu reden», sagte Marjorie. «Was ist denn eigentlich los?»

«Ich weiß nicht.»

«Natürlich weißt du's.»

«Nein, wirklich nicht.»

«Los, sag's.»

Nick sah weiter auf den Mond, der über die Berge heraufkam.

«Es macht keinen Spaß mehr.»

Er hatte Angst, Marjorie anzusehen. Dann sah er sie an. Sie saß da und wandte ihm den Rücken zu. Er sah ihren Rücken an. «Es macht keinen Spaß mehr. Überhaupt nichts mehr.»

Sie sagte nichts. Er fuhr fort: «Weißt du, mir ist, als ob alles in mir zum Teufel gegangen ist. Ich weiß nicht, Marge. Ich weiß nicht, was ich sagen soll.»

Er blickte weiter auf ihren Rücken.

«Macht Liebe denn keinen Spaß?» sagte Marjorie.

«Nein», sagte Nick. Marjorie stand auf. Nick saß da, den Kopf in die Hände gestützt.

«Ich nehme das Boot», rief ihm Marjorie zu. «Du kannst um die Landspitze herum zu Fuß zurückgehen.»

«Schön», sagte Nick. «Ich stoß das Boot für dich ab.»

«Ist nicht nötig», sagte sie. Sie trieb mit dem Boot auf dem mondbeschienenen Wasser. Nick ging zurück und legte sich neben das Feuer, mit dem Gesicht auf der Decke. Er konnte Marjorie auf dem Wasser rudern hören.

Er lag dort eine lange Zeit. Er lag da, während er hörte, wie Bill, der durch den Wald strich, in die Lichtung kam. Er spürte, wie Bill sich dem Feuer näherte. Auch Bill berührte ihn nicht.

«Ist sie endlich weg?» fragte Bill.

«Ja», sagte Nick, der mit dem Gesicht auf der Decke dalag.

«'ne Szene gehabt?»

«Nein, wir hatten keine Szene.»

«Wie fühlst du dich?»

«Bitte geh weg, Bill. Geh, laß mich ein bißchen allein.»

Bill suchte sich ein Sandwich aus dem Eßkorb aus und ging hinüber, sich die Angelruten ansehen.

In einem andern Land

Es war immer noch Krieg im Herbst, wir machten aber nicht mehr mit. Im Herbst war es kalt in Mailand, und die Dunkelheit brach sehr früh an. Dann flammte das elektrische Licht auf, und es war hübsch, auf den Straßen in die Schaufenster zu sehen. Vor den Läden hing viel Wild, und der Schnee puderte den Pelz der Füchse, und der Wind blies in ihre Schwänze. Die Rehe hingen steif und schwer und ausgenommen da, und die kleinen Vögel baumelten im Wind, und der Wind plusterte ihre Federn auf. Es war ein kalter Herbst, und der Wind kam von den Bergen her.

Wir waren alle jenen Nachmittag im Lazarett, und man konnte auf verschiedenen Wegen in der Dämmerung durch die Stadt ins Lazarett gehen. Zwei dieser Wege führten an Kanälen entlang, aber sie waren sehr weit. Immer aber mußte man eine Brücke über einen Kanal überqueren, um ins Lazarett zu kommen. Man hatte die Wahl zwischen drei Brükken. Auf der einen verkaufte eine Frau geröstete Kastanien. Es war warm, wenn man dicht vor ihrem Kohlenfeuer stand, und die Kastanien waren nachher warm in der Tasche. Das Lazarett war sehr alt und sehr schön, und man betrat es durch ein Tor und ging durch einen Hof und durch ein Tor auf der anderen Seite hinaus. Gewöhnlich setzte sich gerade ein Leichenzug vom Hof aus in Bewegung. Jenseits des alten Lazaretts lagen die neuen Backsteinpavillons, und dort trafen wir uns jeden Nachmittag, und wir waren alle sehr höflich und interessiert an dem, was los war, und saßen in den Apparaten, die eine so große Besserung herbeiführen sollten.

Der Doktor kam an den Apparat, in dem ich saß, und sagte: «Was war vor dem Krieg Ihre Lieblingsbeschäftigung? Trieben Sie Sport?»

Ich sagte: «Ja, Football.»

«Gut», sagte er, «Sie werden besser denn je Football spielen können.»

Mein Knie ließ sich nicht beugen, und mein Bein hing vom Knie bis zum Knöchel ohne Wade gerade herunter, und der Apparat sollte das Knie beugen und Dreiradbewegungen mit ihm ausführen. Aber noch ließ es sich nicht beugen; statt dessen schlingerte die Maschine immer, wenn's ans Beugen ging. Der Doktor sagte: «Das wird sich alles geben. Sie sind ein Glückspilz, junger Mann. Sie werden wieder Football spielen – wie ein Champion.»

Im nächsten Apparat saß ein Major, dessen eine Hand so klein war wie die eines Babys. Er zwinkerte mir zu, als der Doktor seine Hand untersuchte, die zwischen zwei Lederriemen eingespannt war, die auf und ab schnellten und gegen die steifen Finger schlugen, und sagte: «Und werde ich auch Football spielen, Herr Stabsarzt?» Er war ein großer Florettfechter gewesen und vor dem Krieg der beste Fechter Italiens.

Der Doktor ging in sein Büro in einem Hinterzimmer und brachte eine Fotografie an, die eine Hand zeigte, die beinahe so verkümmert war wie die des Majors, bis sie einen Heilgymnastikkurs mitgemacht hatte, und nachher ein bißchen größer war. Der Major nahm die Fotografie in seine gesunde Hand und besah sie sich sehr aufmerksam. «Eine Verwundung?» fragte er.

«Ein Arbeitsunfall», sagte der Doktor.

«Sehr interessant, sehr interessant», sagte der Major und reichte sie dem Doktor zurück.

«Sie haben doch keine Zweifel?»

«Doch», sagte der Major.

Jeden Tag kamen drei Jungens, die ungefähr in meinem Alter waren. Sie waren alle drei aus Mailand, und einer von ihnen wollte Rechtsanwalt werden und einer Maler, und der dritte hatte beabsichtigt, Soldat zu werden, und nachdem wir mit unseren Apparaten fertig waren, gingen wir manchmal gemeinsam zurück, zum *Café Cova*, das neben der Scala lag. Wir nahmen den kurzen Weg durchs Kommunistenviertel, weil wir zu viert waren. Die Leute haßten uns, weil wir Offiziere waren, und aus einer Weinhandlung rief einer, als wir vorbeikamen: «*A basso gli ufficiali!*» Ein anderer Junge, der manchmal mitkam und mit dem wir fünf waren, trug ein schwarzseidenes Taschentuch überm Gesicht, weil er damals keine Nase hatte und man ihm ein neues Gesicht machen wollte. Er war von der Militärakademie aus an die Front gekommen und binnen einer Stunde, als er zum erstenmal in der vordersten Linie war, verwundet worden. Sie machten ihm ein neues Gesicht, aber er war aus einer sehr alten Familie, und sie konnten die Nase nie ganz richtig hinbekommen. Er ging nach Südamerika und arbeitete in einer Bank. Aber dies war lange davor, und damals wußte noch keiner von uns, wie es später werden würde. Damals wußten wir nur, daß immer noch Krieg war, aber daß wir nicht mehr mitmachten.

Wir hatten alle die gleichen Orden, bis auf

den Jungen mit dem schwarzseidenen Verband überm Gesicht, der nicht lange genug an der Front gewesen war, um irgendwelche Orden zu bekommen. Der lange Junge mit einem sehr blassen Gesicht, der Rechtsanwalt werden wollte, war Leutnant bei den Arditi gewesen und hatte drei Orden von der Sorte, von der wir anderen nur einen hatten. Er hatte sehr lange Zeit mit dem Tode gelebt und war ein bißchen gleichgültig. Wir waren alle ein bißchen gleichgültig, und außer daß wir uns jeden Nachmittag im Lazarett trafen, verband uns nichts. Trotzdem, wenn wir durch das Radauviertel der Stadt zum *Cova* gingen, wenn im Dunkel Licht und Singen aus den Weinhandlungen drang und wir manchmal auf der Straße gehen mußten, wenn Männer und Frauen sich auf dem Bürgersteig zusammenrotteten, so daß wir sie, um an ihnen vorbeizukommen, hätten anrempeln müssen, fühlten wir uns durch ein Geschehen verbunden, das diesen Leuten da, die uns anfeindeten, nichts bedeutete.

Uns bedeutete das *Cova* viel, wo es üppig und warm war und nicht zu hell erleuchtet und zu gewissen Tageszeiten voller Lärm und Rauch, und an den Tischen waren stets ein paar Mädchen und an der Wand immer einige illustrierte Zeitungen in den Steckrahmen.

Die Mädchen im *Cova* waren sehr patriotisch, und ich stellte fest, daß die Kaffeehausmädchen die patriotischsten Menschen in ganz Italien waren – und ich glaube, sie sind immer noch patriotisch.

Die Jungens waren zuerst sehr höflich wegen meiner Orden und fragten mich, was ich getan hätte, um sie zu bekommen. Ich zeigte ihnen die Urkunden, die in wunderbarer Sprache abgefaßt waren und voller *fratellanza* und *abnegazione*, aber eigentlich besagten sie, wenn man die schmückenden Beiwörter wegließ, daß ich die Orden bekommen hatte, weil ich Amerikaner war. Danach änderte sich ihre Haltung gegen mich ein wenig, obschon ich gegenüber Außenstehenden ihr Freund war. Ich war ein Freund, aber ich gehörte niemals richtig zu ihnen, nachdem sie meine Patente gelesen hatten, weil es bei ihnen anders gewesen war und sie ganz andere Dinge getan hatten, um ihre Orden zu bekommen. Ich war verwundet worden, das schon, aber wir wußten alle: verwundet werden war schließlich und eigentlich ein Unfall. Ich habe mich aber niemals meiner Bändchen geschämt, und manchmal, nach der Cocktailstunde, bildete ich mir sogar ein, all die Dinge getan zu haben, für die sie ihre Orden bekommen hatten, aber wenn ich nachts in dem kalten Wind durch die leeren Straßen an all den geschlossenen Läden vorbei nach Hause ging und versuchte, in der Nähe der Straßenlaternen zu bleiben, wußte ich, daß ich niemals solche Dinge getan hätte, und ich hatte große Angst vorm Sterben und lag oft allein in meinem Bett, voller Angst vorm Sterben, und fragte mich, wie ich mich benehmen würde, wenn ich wieder an die Front zurückginge.

Die drei mit den Orden waren wie Jagdfalken, und ich war kein Falke, obschon ich denen, die niemals gejagt haben, wie ein Falke vorkommen mochte. Die drei wußten es besser, und so kamen wir auseinander. Aber ich blieb gut Freund mit dem Jungen, der an seinem ersten Fronttag verwundet worden war, weil er ja nun nicht wissen konnte, wie er sich benommen hätte; deshalb gehörte er auch nicht ganz dazu, und ich mochte ihn gern, weil ich dachte, daß er sich vielleicht auch nicht zu einem Falken entwickelt haben würde.

Der Major, der ein großer Fechter gewesen war, hielt nichts von der Tapferkeit und verbrachte viel Zeit damit, meine Grammatik zu korrigieren, während wir in unseren Apparaten saßen. Er hatte mir Komplimente darüber gemacht, wie gut ich Italienisch sprach, und wir unterhielten uns ganz freundschaftlich.

Eines Tages hatte ich gesagt, daß ich die italienische Sprache so leicht fände, daß ich kein besonderes Interesse aufbringen könne; alles ließe sich so leicht sagen. «O ja», sagte der Major. «Warum bedienen Sie sich dann nicht der Grammatik?» Von da an bedienten wir uns der Grammatik, und bald war Italienisch eine so schwierige Sprache, daß ich Angst hatte, etwas zu ihm zu sagen, bevor ich mir nicht im Geist über die Grammatik klar war.

Der Major kam sehr regelmäßig ins Lazarett. Ich glaube nicht, daß er je einen Tag versäumte, obschon ich sicher war, daß er von den Apparaten nichts hielt. Es gab Zeiten, in denen keiner von uns von den Apparaten etwas hielt, und eines Tages sagte der Major, das Ganze sei Blödsinn. Die Apparate waren damals neu, und an uns sollten sie sich beweisen. Es sei eine idiotische Idee, sagte er, «eine Theorie wie jede andere». Ich hatte meine Grammatik nicht gelernt, und er sagte, ich sei blöde, unmöglich und ein Schandfleck, und er sei ein Esel, daß er sich mit mir abgegeben habe. Er war ein kleiner Mann, und er saß aufrecht auf seinem Stuhl, die rechte Hand in die Maschine geschoben, und sah geradeaus auf die Wand, während die Riemen mit seinen Fingern dazwischen auf und ab schlugen.

«Was wollen Sie machen, wenn der Krieg

aus ist, falls er je aus ist?» fragte er mich. «Antworten Sie grammatikalisch richtig.»

«Ich werde nach Amerika fahren.»

«Sind Sie verheiratet?»

«Nein, aber ich wünsche es mir.»

«Was für ein Narr Sie sind», sagte er. Er schien sehr aufgebracht. «Ein Mann soll nicht heiraten.»

«Warum, Signor Maggiore?»

«Nennen Sie mich nicht ‹Signor Maggiore›.»

«Warum soll ein Mann nicht heiraten?»

«Er darf nicht heiraten. Er darf nicht heiraten», sagte er aufgebracht. «Wenn er schon alles verlieren soll, sollte er sich nicht selbst in die Lage bringen, es zu verlieren. Er sollte sich nicht in eine Lage bringen, in der er verliert. Er sollte sich Dinge suchen, die er nicht verlieren kann.»

Er sprach sehr aufgebracht und verbittert und sah beim Reden gerade vor sich hin.

«Aber warum sollte er es unbedingt verlieren?»

«Er wird es verlieren», sagte der Major. Er sah die Wand an. Dann sah er hinunter auf den Apparat und zog plötzlich seine kleine Hand zwischen den Riemen heraus und schlug sie heftig gegen seinen Oberschenkel. «Er wird es verlieren.» Er brüllte beinahe.

«Streiten Sie nicht mit mir.» Dann rief er den Wärter, der die Maschinen bediente. «Kommen Sie her und stellen Sie das verfluchte Ding ab.»

Er ging zur Lichtbehandlung und Massage ins Nebenzimmer nach hinten. Dann hörte ich, wie er den Arzt fragte, ob er sein Telefon benutzen dürfe, und wie er die Tür schloß. Als er ins Zimmer zurückkam, saß ich in einem anderen Apparat. Er trug seinen Umhang und hatte seine Mütze auf, und er kam direkt auf meinen Apparat zu und legte seinen Arm um meine Schulter.

«Tut mir sehr leid», sagte er und klopfte mir mit der gesunden Hand auf die Schulter. «Ich meinte es nicht grob. Meine Frau ist gerade gestorben. Sie müssen mir verzeihen.»

«Oh», sagte ich und fühlte mich elend vor Mitgefühl. «Es tut mir *so* leid.»

Er stand da und biß sich auf die Unterlippe. «Es ist sehr schwer», sagte er. «Ich kann mich nicht damit abfinden.»

Er sah über mich hinweg und zum Fenster hinaus. Dann fing er an zu weinen. «Ich bin völlig außerstande, mich damit abzufinden», sagte er und würgte. Und dann ging er weinend, mit erhobenem Kopf, ohne sich umzusehen, aufrecht in militärischer Haltung, mit Tränen auf beiden Backen und sich auf die

Lippen beißend, an den Apparaten vorbei zur Tür hinaus.

Der Arzt erzählte mir, daß die Frau des Majors, die sehr jung gewesen sei und die er erst, nachdem er als dauernd kriegsuntauglich entlassen worden war, geheiratet hatte, an einer Lungenentzündung gestorben sei. Sie war nur ein paar Tage krank gewesen. Niemand hatte geglaubt, daß sie sterben würde. Der Major kam drei Tage lang nicht ins Lazarett. Dann kam er wieder zur gewohnten Stunde und trug einen Trauerflor um den Uniformärmel. Als er zurückkam, hingen große, gerahmte Fotografien an den Wänden mit allen Arten von Verwundungen, bevor und nachdem sie durch die Apparate geheilt worden waren. Gegenüber von dem Apparat, den der Major benutzte, hingen drei Fotografien von Händen wie seine, die vollkommen wiederhergestellt waren. Ich weiß nicht, wo der Doktor sie her hatte. Ich hatte immer angenommen, daß wir die ersten waren, die die Apparate benutzten. Die Fotografien halfen dem Major nicht viel, da er nur aus dem Fenster blickte.

Hügel wie weiße Elefanten

Die Hügel jenseits des Ebrotals waren lang und weiß. Auf dieser Seite gab es keinen Schatten und keine Bäume, und der Bahnhof lag zwischen zwei Schienensträngen in der Sonne. Bis dicht an den Bahnhof fiel der warme Schatten des Gebäudes, und ein Vorhang, der aus Schnüren von Bambusperlen gemacht war, hing, um die Fliegen abzuhalten, vor der offenen Tür, die in die Bar führte. Der Amerikaner und das Mädchen, das mit ihm war, saßen draußen vor dem Gebäude an einem Tisch im Schatten. Es war sehr heiß, und der Express aus Barcelona sollte in vierzig Minuten kommen. Er hielt zwei Minuten an diesem Knotenpunkt und fuhr dann weiter nach Madrid.

«Was sollen wir trinken?» fragte das Mädchen. Sie hatte ihren Hut abgenommen und ihn auf den Tisch gelegt.

«Es ist mächtig heiß», sagte der Mann.

«Wir wollen Bier trinken.»

«*Dos cervezas*», sagte der Mann gegen den Vorhang.

«Große?» fragte die Frau auf der Türschwelle.

«Ja, zwei Große.»

Die Frau brachte zwei Gläser und zwei Filzuntersätze. Sie setzte die Filzuntersätze und die Biergläser auf den Tisch und blickte den Mann und das Mädchen an. Das Mädchen wandte den Blick ab, der Hügelkette zu. Sie lag weiß in der Sonne, und das Land war braun und trocken.

«Sie sehen wie weiße Elefanten aus», sagte sie.

«Ich hab noch nie einen gesehen.» Der Mann trank sein Bier.

«Nein, natürlich nicht.»

«Wäre doch möglich gewesen», sagte der Mann. «Daß du ‹nein, natürlich nicht› sagst, beweist gar nichts.»

Das Mädchen sah auf den Perlenvorhang. «Da ist was draufgemalt», sagte sie. «Was heißt es?»

«Anis del Toro. Ein Getränk.»

«Können wir's versuchen?»

Der Mann rief «Bedienung» durch den Vorhang. Die Frau kam aus der Bar heraus.

«Vier Reales.»

«Wir möchten zwei Anis del Toro.»

«Mit Wasser?»

«Willst du's mit Wasser?»

«Ich weiß nicht», sagte das Mädchen. «Ist es gut mit Wasser?»

«Ganz gut.»

«Wollen Sie's mit Wasser?» fragte die Frau.

«Ja, mit Wasser.»

«Es schmeckt wie Lakritze», sagte das Mädchen und setzte ihr Glas hin.

«So geht's mit allem.»

«Ja», sagte das Mädchen, «alles schmeckt nach Lakritze. Hauptsächlich all die Sachen, auf die man so lange hat warten müssen wie auf Absinth.»

«Ach, hör schon auf.»

«Du hast angefangen», sagte das Mädchen. «Ich amüsiere mich. Ich war gerade so vergnügt.»

«Gut, versuchen wir's; seien wir vergnügt.»

«Schön. Ich versuchte es gerade. Ich sagte, daß die Berge wie weiße Elefanten aussehen. War das nicht originell?»

«Das war sehr originell.»

«Ich wollte dieses neue Zeugs probieren. Das ist alles, was wir tun, nicht wahr? Sachen angucken und neue Getränke probieren.»

«Stimmt wohl.»

Das Mädchen sah zu den Hügeln hinüber.

«Es sind wundervolle Hügel», sagte sie. «Sie sehen eigentlich nicht wie weiße Elefanten aus. Ich meinte nur die Färbung ihrer Haut durch die Bäume.»

«Wollen wir noch was trinken?»

«Schön.»

Der warme Wind blies den Perlenvorhang gegen den Tisch.

«Das Bier ist gut und kalt», sagte der Mann.

«Es ist herrlich», sagte das Mädchen.

«Es ist wirklich eine furchtbar einfache Operation, Jig», sagte der Mann. «Es ist eigentlich gar keine Operation.»

Das Mädchen sah zu Boden, unten auf die Tischbeine.

«Ich weiß, daß es dir nichts ausmacht, Jig. Es ist tatsächlich gar nichts. Es wird nur Luft hineingelassen.»

Das Mädchen sagte gar nichts.

«Ich komme mit und bleibe die ganze Zeit über bei dir. Es wird nur Luft hineingelassen, und dann geht es alles von selbst.»

«Was werden wir denn nachher tun?»

«Nachher wird's uns wieder gutgehen. Genauso wie früher.»

«Wieso glaubst du das?»

«Es ist das einzige, was uns Sorge macht. Es

ist das einzige, was uns unglücklich gemacht hat.»

Das Mädchen sah auf den Perlenvorhang, streckte ihre Hand aus und ergriff zwei der Perlenschnüre.

«Und du glaubst, daß dann alles in Ordnung sein wird und daß wir glücklich sein werden?»

«Ich weiß, daß es so sein wird. Du brauchst keine Angst zu haben. Ich kenne eine Menge Leute, die's gemacht haben.»

«Ich auch», sagte das Mädchen. «Und nachher waren sie alle so glücklich.»

«Nun», sagte der Mann. «Wenn du nicht willst, brauchst du doch nicht. Ich will nicht, daß du es dir machen läßt, wenn du's nicht willst. Aber ich weiß, daß es ganz einfach ist.»

«Und willst du es wirklich?»

«Ich glaube, es ist das Beste, was man tun kann. Aber ich will nicht, daß du es tust, wenn du es nicht wirklich willst.»

«Und wenn ich es tue, wirst du dann wieder glücklich sein, und wird dann wieder alles wie früher? Und wirst du mich dann wieder liebhaben?»

«Ich hab dich jetzt auch lieb. Du weißt, daß ich dich liebhabe.»

«Ich weiß. Aber wenn ich's tue, dann wird es wieder hübsch sein, wenn ich sage, daß die

Dinge wie weiße Elefanten aussehen, und du wirst es wieder mögen, ja?»

«Aber gewiß, natürlich; ich mag es doch jetzt auch; ich kann nur einfach an nichts denken. Du weißt, wie ich bin, wenn ich mir Gedanken mache.»

«Und wenn ich's tue, wirst du dir bestimmt niemals Gedanken machen?»

«Darüber werde ich mir keine Gedanken machen, weil es ganz einfach ist.»

«Dann werde ich's machen. Es geht ja nicht um mich.»

«Was meinst du damit?»

«Es geht mir ja nicht um mich.»

«Aber mir geht's um dich.»

«O ja. Aber mir geht's nicht um mich. Und ich werde es tun, und dann ist alles wieder schön.»

«Ich will nicht, daß du es dir machen läßt, wenn dir so zumute ist.»

Das Mädchen stand auf und ging bis zum Ende des Bahnhofs. Drüben auf der anderen Seite waren Getreidefelder und Bäume an den Ufern des Ebro. Weit weg, jenseits des Flusses, waren Berge. Der Schatten einer Wolke bewegte sich über das Getreidefeld, und sie sah den Fluß zwischen den Bäumen.

«Und all das könnte uns gehören», sagte sie. «Und wir könnten alles haben, und mit jedem Tag machen wir es immer unmöglicher.»

«Was hast du gesagt?»

«Ich sagte, daß wir alles haben könnten.»

«Wir können alles haben.»

«Nein, das können wir nicht.»

«Wir können die ganze Welt haben.»

«Nein, das können wir nicht.»

«Wir können überallhin.»

«Nein, wir können's nicht. Sie gehört uns nicht mehr.»

«Sie gehört uns.»

«Nein, nicht mehr. Und wenn's einem erst mal fortgenommen worden ist, bekommt man's nicht wieder.»

«Aber niemand hat sie uns weggenommen.»

«Wir wollen abwarten.»

«Komm zurück in den Schatten», sagte er. «Du mußt dir nicht solche Gedanken machen.»

«Ich mach mir ja gar keine», sagte das Mädchen. «Ich weiß nur manches.»

«Ich will nicht, daß du irgendwas tust, was du nicht willst...»

«Oder was nicht gut für mich ist», sagte sie. «Ich weiß. Können wir noch ein Glas Bier trinken?»

«Schön. Aber du mußt dir klar sein...»

«Ich bin mir klar», sagte das Mädchen. «Könnten wir nicht vielleicht aufhören zu reden?»

Sie setzten sich an den Tisch, und das Mädchen blickte hinüber zu den Hügeln auf der ausgetrockneten Talseite, und der Mann blickte sie und den Tisch an.

«Du mußt dir darüber klar sein», sagte er, «daß ich nicht will, daß du es tust, wenn du es nicht willst. Ich bin ganz damit einverstanden, den Dingen ruhig ihren Lauf zu lassen, wenn dir etwas daran liegt.»

«Liegt dir denn nichts daran? Wir könnten es schon schaffen.»

«Natürlich tut's das, aber ich will niemanden außer dir. Ich will sonst niemanden. Und ich weiß, es ist ganz einfach.»

«Ja, du weißt, daß es ganz einfach ist.»

«Du sagst das so, aber ich weiß es wirklich.»

«Würdest du mir jetzt einen Gefallen tun?»

«Ich würde alles für dich tun.»

«Würdest du bitte, bitte, bitte, bitte, bitte, bitte, bitte still sein.»

Er sagte nichts, sondern blickte auf die Reisetaschen, die an der Bahnhofsmauer lehnten, mit den aufgeklebten Zetteln aus all den Hotels, in denen sie übernachtet hatten.

«Aber ich will doch nicht, daß du's tust», sagte er. «Mir ist es wirklich ganz egal.»

«Ich schreie gleich», sagte das Mädchen.

Die Frau trat durch den Vorhang mit zwei Glas Bier und setzte sie auf die feuchten Filzuntersätze. «Der Zug kommt in fünf Minuten», sagte sie.

«Was hat sie gesagt?» fragte das Mädchen.

«Daß der Zug in fünf Minuten kommt.»

Das Mädchen lächelte die Frau strahlend an, um ihr zu danken.

«Ich trag wohl das Gepäck lieber rüber auf die andere Seite des Bahnhofs», sagte der Mann.

Sie lächelte ihm zu.

«Schön, dann komm zurück, und dann trinken wir unser Bier aus.»

Er nahm die beiden schweren Reisetaschen auf und trug sie um die Station herum zum anderen Gleis. Er sah die Gleise entlang, konnte aber den Zug nicht sehen. Auf dem Weg zurück ging er durch das Gastzimmer, wo Leute, die auf den Zug warteten, etwas tranken.

Er trank einen Anis an der Theke und musterte die Leute. Sie warteten alle ganz friedlich auf den Zug. Er ging durch den Perlenvorhang ins Freie. Sie saß am Tisch und lächelte ihn an.

«Fühlst du dich besser?» fragte er.
«Ich fühl mich glänzend», sagte sie. «Mir fehlt gar nichts. Ich fühl mich glänzend.»

Eine Verfolgungsjagd

William Campbell befand sich seit der Zeit in Pittsburgh mit einer Varietégruppe auf ‹Verfolgungsjagd›. Bei Radrennen starten die einzelnen Fahrer bei einer Verfolgungsjagd in gleichmäßigen Abständen einer hinter dem andern. Sie radeln sehr schnell, weil das Rennen gewöhnlich auf eine kurze Strecke begrenzt ist, und wenn einer langsam tritt, holt ein anderer, wenn er sein Tempo beibehält, den Abstand auf, der sie am Start alle gleichmäßig voneinander getrennt hat. Sobald ein Fahrer überholt ist, scheidet er aus dem Rennen aus, muß vom Rad steigen und die Bahn verlassen. Wenn keiner der Fahrer eingeholt wird, ist derjenige Sieger, der am meisten Boden aufgeholt hat. Wenn es nur zwei Fahrer sind, wird in den meisten Verfolgungsjagden einer der Fahrer innerhalb von sechs Meilen eingeholt. Die Varietégruppe holte William Campbell in Kansas City ein.

William Campbell hatte gehofft, einen geringen Vorsprung über die Varietégruppe beizubehalten, bis sie an die Küste kamen. So lange, wie er der Varietégruppe als Quartiermacher voran war, wurde er bezahlt. Als die Varietégruppe ihn einholte, lag er im Bett. Er war im Bett, als der Manager der Varietégruppe in sein Zimmer kam, und nachdem der Manager rausgegangen war, fand er, daß er genausogut im Bett bleiben konnte. In Kansas City war es sehr kalt, und er hatte mit dem Ausgehen keine Eile. Er mochte Kansas City nicht. Er langte nach der Flasche unter seinem Bett und trank. Danach fühlte sich sein Magen besser. Mr. Turner, der Manager der Varietégruppe, hatte einen Schnaps abgelehnt.

William Campbells Unterredung mit Mr. Turner war etwas seltsam gewesen. Mr. Turner hatte an die Tür geklopft. Campbell hatte «Herein!» gerufen. Als Mr. Turner ins Zimmer trat, sah er Kleidungsstücke auf einem Stuhl, eine offene Reisetasche, die Flasche auf einem Stuhl neben dem Bett und jemanden, der völlig mit Bettzeug zugedeckt im Bett lag.

«Mr. Campbell», sagte Mr. Turner.

«Sie können mich nicht rausschmeißen», sagte William Campbell unter seinen Decken hervor. Es war warm und weiß und dumpf unter den Decken. «Sie können mich nicht rausschmeißen, weil ich vom Rad gestiegen bin.»

«Sie sind betrunken», sagte Mr. Turner.

«O ja», sagte William Campbell gegen sein Laken und befühlte das Gewebe mit den Lippen.

«Sie sind ein Narr», sagte Mr. Turner. Er drehte das elektrische Licht aus. Das elektrische Licht hatte die ganze Nacht über gebrannt. Jetzt war es zehn Uhr morgens. «Sie sind ein betrunkener Narr. Wann sind Sie in dieser Stadt angekommen?»

«Ich bin gestern abend in dieser Stadt angekommen», sagte William Campbell und sprach gegen das Laken. Es machte ihm Spaß, durch das Laken hindurch zu reden. «Haben Sie jemals durch ein Laken hindurchgeredet?»

«Machen Sie nicht auf komisch. Sie sind nicht komisch.»

«Ich will gar nicht komisch sein. Ich rede einfach nur durch das Laken.»

«Tja, durch ein Laken reden Sie, stimmt.»

«Sie können jetzt gehen, Mr. Turner. Ich arbeite nicht mehr für Sie», sagte Campbell.

«Das wissen Sie ohnehin.»

«Ich weiß 'ne Masse», sagte William Campbell. Er zog das Laken zurück und blickte Mr. Turner an. «Ich weiß so viel, daß es mir sogar nichts ausmacht, Sie anzusehen. Wollen Sie hören, was ich weiß?»

«Nein.»

«Gut», sagte William Campbell. «Eigentlich weiß ich auch überhaupt nichts. Ich redete nur so.» Er zog das Laken wieder übers Gesicht. «Es ist wunderbar unterm Laken», sagte er.

Mr. Turner stand neben dem Bett. Er war ein Mann in den besten Jahren mit einem dicken Bauch und einem kahlen Kopf, und er hatte eine Menge zu tun. «Du solltest hier bleiben, Billy», sagte er, «und eine Entziehungskur machen. Wenn du willst, werde ich's für dich arrangieren.»

«Ich will keine Kur machen», sagte William Campbell. «Ich will überhaupt keine Kur machen. Ich bin restlos glücklich. Ich bin mein ganzes Leben über restlos glücklich gewesen.»

«Wie lange bist du denn schon so?»

«Was für eine Frage?» William Campbell atmete durch das Laken ein und aus.

«Wie lange bist du schon besoffen, Billy?»

«Hab ich etwa meine Arbeit nicht getan?»

«Gewiß doch. Ich hab dich ja bloß gefragt, wie lange du schon besoffen bist, Billy.»

«Ich weiß nicht. Aber ich hab wieder meinen Wolf.» Er berührte mit der Zunge das Laken. «Seit einer Woche ist er wieder da.»

«Verflucht, und ob du ihn wieder hast.»

«O ja. Meinen lieben Wolf. Jedesmal, wenn ich einen Schluck nehme, geht er aus dem Zimmer. Er kann Alkohol nicht vertragen. Der arme Kerl!» Er bewegte seine Zunge auf dem Laken im Kreis herum. «Er ist ein herrlicher Wolf. Er ist genauso wie früher.»

William Campbell schloß die Augen und holte tief Atem.

«Billy, du mußt eine Kur machen», sagte Mr. Turner. «Gegen das Keely kannst du nichts haben. Es ist nicht schlimm.»

«Das Keely», sagte William Campbell. «‹Es ist nicht weit von London.›» Er schloß die Augen, öffnete sie und bewegte die Augenwimpern gegen das Laken. «Ich liebe Laken einfach», sagte er. Er sah Mr. Turner an. «Hör mal, du denkst, ich bin betrunken.»

«Du *bist* betrunken.»

«Nein, bin ich nicht.»

«Du bist betrunken und siehst weiße Mäuse.»

«Nein.» William Campbell hielt das Laken über seinen Kopf. «Mein liebes Laken», sagte er. Er atmete sanft dagegen. «Hübsches Laken. Nicht wahr, mein Laken, du liebst mich? Alles im Zimmerpreis inbegriffen. Genau wie in Japan. Nein», sagte er, «hör mal, Billy, lieber ‹Schlitter-Billy›, ich hab 'ne Überraschung für dich. Ich bin nicht betrunken. Ich ‹pieke›.»

«Nein», sagte Mr. Turner.

«Sieh dir's an», sagte William Campbell und zog unter dem Laken den rechten Pyjamaärmel hoch und schob dann seinen rechten Unterarm vor. «Sieh dir das an.» Auf dem Unterarm, gerade von überm Handgelenk an bis zum Ellbogen, waren kleine blaue Kreise um winzige dunkelblaue Einstichstellen. Die Kreise berührten einander beinahe. «Das ist die neue Linie», sagte William Campbell. «Ich trink nur hin und wieder mal 'n bißchen, um den Wolf aus dem Zimmer zu jagen.»

«Dafür gibt's 'ne Kur», sagte ‹Schlitter-Billy› Turner.

«Nein», sagte William Campbell. «Sie haben für nichts 'ne Kur.»

«Du kannst doch nicht einfach so abhauen, Billy», sagte Mr. Turner. Er saß auf dem Bett.

«Nimm dich mit meinem Laken in acht», sagte William Campbell.

«In deinem Alter kannst du nicht einfach so abhauen und dich vollpumpen, nur weil du mal in der Tinte sitzt.»

«Gesetzlich verboten, wenn du das meinst.»

«Nein, ich meine, daß du's bekämpfen mußt.»

Billy Campbell streichelte das Laken mit den Lippen und der Zunge. «Liebes Laken, du», sagte er. «Ich kann dies Laken küssen und gleichzeitig durchschauen.»

«Laß doch das Laken aus dem Spiel. Du kannst dich nicht einfach dem Zeugs ergeben, Billy.»

William Campbell schloß die Augen. Er fühlte eine leichte Übelkeit aufsteigen. Er wußte, diese Übelkeit würde ständig zunehmen, ohne daß ihm Erbrechen je Erleichterung verschaffen würde, bis man was dagegen tat.

Dies war der Augenblick, in dem er Mr. Turner was zu trinken anbot. Mr. Turner lehnte ab. William Campbell nahm einen Schluck aus der Flasche. Es war eine Augenblicksmaßnahme.

Mr. Turner beobachtete ihn. Mr. Turner war viel länger, als er eigentlich sollte, im Zimmer gewesen; er hatte eine Menge zu tun. Obgleich er täglich mit Leuten, die piekten und koksten, in Berührung kam, hatte er einen Horror davor, und er mochte William Campbell gut leiden; er wollte ihn nicht verlassen. Er tat ihm sehr leid, und er glaubte, eine Kur könne ihm helfen. Er wußte von verschiedenen guten Kuren in Kansas City. Aber er mußte gehen. Er stand auf.

«Hör mal zu, Billy», sagte William Campbell. «Ich will dir was sagen. Du heißt ‹Schlitter-Billy›, eben weil du schlittern kannst. Ich heiße einfach Billy, weil ich überhaupt nicht schlittern konnte. Ich kann nicht schlittern, Billy. Ich kann nicht schlittern. Ich bleibe einfach hängen. Jedesmal, wenn ich's versuche, bleibe ich hängen.» Er schloß die Augen. «Ich kann nicht schlittern, Billy. Es ist schrecklich, wenn man nicht schlittern kann.»

«Ja», sagte ‹Schlitter-Billy› Turner.

«Ja, was?» William Campbell blickte ihn an.

«Was du sagtest.»

«Nein», sagte William Campbell. «Ich sagte nichts. Das muß ein Irrtum gewesen sein.»

«Du sagtest doch was von Schlittern.»

«Nein. Es kann nicht über Schlittern gewesen sein. Aber hör mal zu, Billy, und ich werde dir 'n Geheimnis erzählen. Halte dich an Laken, Billy. Laß die Hände von Frauen und Pferden und... und –» er schwieg –«Adlern, Billy. Wenn du Pferde liebst, kriegst du Pferde, und wenn du Adler liebst, kriegst du

Adler.» Er schwieg und streckte seinen Kopf unter das Laken.

«Ich muß gehen», sagte ‹Schlitter-Billy› Turner.

«Wenn du Frauen liebst, kriegst du Tripper», sagte William Campbell. «Wenn du Pferde liebst –»

«Ja, das sagtest du schon.»

«Sagte was?»

«Über Pferde und Adler.»

«O ja, und wenn du Laken liebst –» Er atmete gegen das Laken und rieb seine Nase dagegen. «Ich weiß nicht, wie es mit – Laken ist», sagte er. «Ich habe eben erst angefangen, dieses Laken zu lieben.»

«Ich muß gehen», sagte Mr. Turner. «Ich hab 'ne Masse zu tun.»

«Schon gut», sagte William Campbell. «Jeder muß schließlich mal gehen.»

«Ich gehe lieber.»

«Schön, geh nur.»

«Hast du alles, was du brauchst, Billy?»

«Ich war nie im Leben glücklicher.»

«Und dir fehlt nichts?»

«Mir geht's glänzend. Geh nur. Ich bleib noch 'n bißchen hier so liegen. So um Mittag herum steh ich auf.»

Aber als Mr. Turner mittags in William Campbells Zimmer kam, schlief William

Campbell, und da Mr. Turner ein Mann war, der wußte, welche Dinge im Leben wirklich wertvoll sind, weckte er ihn nicht.

«Stories»: Copyright 1925 Charles Scribner's Sons; renewal copyright © 1953 Ernest Hemingway; Copyright 1927 Charles Scribner's Sons; renewal copyright © 1955 Ernest Hemingway; Copyright 1927 The Macaulay Company; renewal copyright © 1955 Ernest Hemingway; Copyright 1927 Charles Scribner's Sons; renewal copyright © 1955; Copyright 1927 Ernest Hemingway; renewal copyright © 1955; Copyright 1930 Charles Scribner's Sons; renewal copyright © 1958 Ernest Hemingway; Copyright 1930 Charles Scribner's Sons; renewal copyright © 1958; Copyright 1932, 1933 Charles Scribner's Sons; renewal copyright © 1960 Ernest Hemingway, © 1961 Mary Hemingway; Copyright 1932 Ernest Hemingway; renewal copyright © 1960; Copyright 1933 Charles Scribner's Sons; renewal copyright © 1961 Ernest Hemingway; Copyright 1933 Charles Scribner's Sons; renewal copyright © 1961 Mary Hemingway; Copyright 1933 Ernest Hemingway; renewal copyright © 1961; Copyright 1936 Ernest Hemingway; renewal copyright © 1964 Mary Hemingway; Copyright 1938 Ernest Hemingway; renewal copyright © 1966 Mary Hemingway